PIERRE ET CLAUDINE

1re SÉRIE IN-8°

PIERRE

ET

CLAUDINE

OU

LES DEUX PETITS SAVOYARDS

TRADUIT DE L'ALLEMAND D'AMÉLIE SCHOPPE

PAR M. GÉRARD.

LIMOGES

EUGÈNE ARDANT ET Cⁱᵉ, ÉDITEURS.

PIERRE & CLAUDINE.

I. — Pierre et Claudine dans la chaumière de leurs parents.

Entre la Suisse, le Piémont et la France, se trouvait un petit pays soumis à la domination du roi de Sardaigne, et qu'on appelle la Savoie. La plus grande partie de ce pays est couverte de montagnes élevées, et presque inaccessibles; c'est là que se trouve le Mont-Blanc, le point le plus élevé de l'Europe. Son sommet est couvert de neiges éternelles, et sa base de la plus riante verdure.

Les habitants de la Savoie sont pauvres, mais heureux et probes; l'industrie et l'amour du travail règnent parmi eux, et l'on voit même les enfants les plus jeunes rarement inoccupés. Mais le sol, montueux et couvert de pierres, ne répond pas à l'assiduité des Savoyards; la variabilité de

la température, qui passe du froid le plus rigoureux à une chaleur excessive, et les épaisses fo-
rêts vierges qui couvrent le pied des Alpes sa-
voyardes, rendent le pays peu propre à l'agriculture. En revanche, de riches prairies favorisent
l'élève des bestiaux, qui est la ressource presque
unique des Savoyards, lorsque le besoin ne les
force pas d'émigrer dans les pays étrangers, afin
de pourvoir à leur subsistance par leur industrie
et le travail de leurs mains.

Dans une paisible vallée, voisine des frontières
du Piémont, s'élevait une petite chaumière couverte de paille et de roseaux; elle était bâtie sur
un pan de rocher, et tapissée de vignes dont les
branches flexibles chargées d'un large feuillage
couronnaient le toit, et pendaient en longues
guirlandes de l'autre côté. Rien de plus ravissant
que l'aspect de cette chaumière, surtout au coucher du soleil, quand le vieux Philibert, dont la
tête était couverte de cheveux aussi blancs que
la neige, était assis sur un banc à la porte de sa
demeure, et souriait aux jeux enfantins de Pierre
et de Claudine.

C'était aux soins du vieillard qu'étaient confiés
les enfants, tandis que Beppo et Eléonore, les parents de Pierre et de Claudine, faisaient paître

dans la montagne leur troupeau de chèvres, leur unique fortune. Quand les premiers feux du jour coloraient la cime des montagnes, les habitants de la chaumière quittaient leur modeste couche pour commencer leurs travaux. Eléonore allait traire ses chèvres, puis préparait le déjeuner de la famille, qui consistait en pain bis, qu'ils s'estimaient heureux d'avoir en abondance, et en lait de chèvre délicieux.

Avant de prendre ce repas frugal, le vieux Philibert découvrait sa tête vénérable, et répétait à haute voix la prière du matin; la famille l'écoutait avec recueillement et redisait les pieuses paroles du vieillard. C'était des actions de grâces rendues au Seigneur, pour le repos de la nuit et ce premier repas. Quand cette prière était terminée, on commençait le déjeuner, qui était toujours assaisonné par le plus heureux appétit.

Le déjeuner achevé, Eléonore mettait dans un panier d'osier vert un morceau de pain et du fromage de chèvre préparé de ses mains, tandis que Beppo, assisté de Pierre, faisait sortir les chèvres de l'étable. Ces préparatifs terminés, les deux époux embrassaient le vieillard et les enfants, et prenaient avec leur troupeau le chemin de la montagne.

Pierre et Claudine demeuraient avec le vieillard, mais aucun d'eux ne passait le temps dans l'oisiveté, chacun s'occupait selon ses forces. Philibèrt coupait avec une faucille l'herbe épaisse qui couvrait les flancs de la montagne, l'étendait au soleil pour la faire sécher, la retournait avec un rateau, et aussitôt qu'elle était assez sèche il en formait une meule près de la chaumière. Cette herbe était la nourriture d'hiver des chèvres; car, quand la neige couvrait la terre, il était impossible de les conduire dans la montagne.

Les enfants secondaient leur grand-père de tous leurs moyens; ils voulaient toujours en faire plus que le bon vieillard, soigneux de leur santé, ne pouvait le permettre. Le jardin qui se trouvait derrière la chaumière leur procurait encore une occupation plus douce et plus agréable. A force de peine et de soins, on était parvenu à arracher à ce sol infertile les productions les plus riches. Un vaste châtaignier sorti naturellement d'une fente de rocher, étendait avec majesté ses longues branches; chaque année il se couvrait de fruits, dont la récolte causait une joie qui n'était surpassée que par celle des raisins délicieux, qui pendaient des ceps dont la chaumière était tapissée. Ni les raisins ni les châtaignes n'étaient portés

au marché : on les considérait plutôt comme la
propriété des enfants, qui, comme le disait le bon-
papa Philibert, devaient avoir quelque chose
pour s'amuser.

La précieuse pomme de terre, aujourd'hui servie sur toutes les tables et jadis dédaignée, crois-
sait dans le jardin avec quelques légumes, et
constituait, avec un peu de fruits et le petit troupeau de chèvres, toute la richesse de la famille.

On préparait avec le lait des chèvres du fromage que l'on vendait dans les villes et dans les
villages; le produit de cette vente servait à
acheter de la farine, du sel, du beurre et des
étoffes grossières. Leurs besoins n'allaient pas
au-delà, et malgré la frugalité de leur vie ils
étaient non-seulement sains et bien portants,
mais encore contents de leur sort. Leurs che-
vreaux leur fournissaient de la viande, et parfois Beppo, qui était un chasseur habile, y
ajoutait une pièce de gibier, très abondant dans
les montagnes, ce qui leur causait toujours une
grande joie.

Les jours de fêtes et les dimanches, le troupeau
restait à l'étable, et les deux enfants jouissaient
de la société de leurs parents, qui ne restaient
que rarement avec eux. Beppo montrait à Pierre

à faire des flûtes avec des roseaux et de l'écorce
d'arbre, à tresser de jolis paniers et à faire des
lacets pour prendre les grives et d'autres oiseaux; il lui avait fait une petite cabane pour sa
marmotte, qui était si privée qu'elle venait à la
voix; il lui montrait à jouer de jolis airs, que
Pierre apprenait à son bouvreuil, qui sifflait déjà
la gaie chanson des Savoyards. Il allait se promener avec eux dans la montagne et leur apprenait à connaître les herbes médicinales dont les
montagnards, trop pauvres pour payer un mé-
decin, se servent souvent avec succès. En un
mot, les journées que Pierre et Claudine passaient avec leurs parents, étaient pour eux non-
seulement agréables, mais encore instructives;
car si Pierre recevait de son père des leçons sa-
lutaires, Claudine, de son côté, était formée par
sa mère aux soins du ménage, et apprenait d'elle
tous les travaux propres à son sexe.

En hiver, le peu de jours pendant lesquels la
famille était réunie, se passait avec autant d'assiduité et de plaisir que pendant l'été. Il tombait
souvent tant de neige qu'on ne pouvait mettre le
pied hors de la chaumière; mais, malgré la rigueur de l'hiver, on ne souffrait pas du froid;
car Beppo avait soigneusement bouché avec de

la mousse sèche toutes les issues de sa pauvre
chaumière, qui commençait à vieillir, et quand la
flamme vivifiante brillait à leur foyer, Eléonore
faisait rôtir pour ses enfants les châtaignes pro-
venant de leur arbre favori, ou préparait pour le
repas de la famille un plat de pommes de terre,
dont le seul assaisonnement était un peu de sel,
mais qui ne leur en semblait pas moins délicieux.

Dans cette saison, Beppo et Philibert fabri-
quaient, avec le bois qu'ils avaient abattu pendant l'été, des instruments de ménage ou des
jouets d'enfants; au retour du printemps, un
vieux colporteur français, nommé François, venait acheter le produit de leur industrie, pour
lesquels il leur donnait toujours une faible rétri-
bution.

Le père François, qui ne négligeait aucun article de commerce, achetait également les tresses
de paille que la femme de Beppo fabriquait avec
une rare habileté, et dont il trouvait le place-
ment dans les villes, où elles étaient converties
en chapeaux de paille. A peine Claudine avait-
elle atteint sa cinquième année, que déjà elle
tressait la paille avec assez d'adresse pour que
ses petits travaux pussent être vendus.

Cette simple famille, quoique pauvre en argent et en biens, vivait dans le contentement; il ne lui manquait rien, parce qu'elle n'avait de besoins que ceux qu'elle pouvait satisfaire sans peine. Elle vivait heureuse et exempte de soucis et de passions; aussi était-elle sincèrement aimée du petit nombre de personnes avec lesquelles elle était en relation. On entendait souvent toute la famille chanter une joyeuse chanson transmise de père en fils, depuis des siècles, aux habitants de la montagne. On aimait toujours à entendre le bon Philibert raconter les aventures de sa jeunesse, son séjour à Paris, où il avait été contraint d'aller exercer le métier de décrotteur, parce que ses parents, qui étaient morts jeunes, ne lui avaient laissé aucun bien. A force de constance et d'assiduité, il avait réussi; et lorsqu'à vingt-deux ans, le désir de revoir sa patrie qui n'abandonne jamais le Savoyard, se fit vivement sentir, il revint dans ses chères montagnes avec une somme de trois cents francs, qu'il regardait comme une brillante fortune.

Le bon vieillard terminait toujours ainsi sa narration :

— C'est ici qu'avec l'aide de quelques braves garçons des environs, j'ai construit cette

chaumière; je pris une femme, la bonne Toi-
notte, j'achetai quelques chèvres, et je vécus
heureux pendant un grand nombre d'années,
jusqu'à ce qu'il ait plu au Seigneur de m'enlever
ma chère compagne. Je t'avais déjà, mon cher
Beppo, disait-il à son fils, en essuyant une larme
que lui arrachait le souvenir de sa femme, et la
treille qui fait aujourd'hui les délices de Pierre
et de Claudine a été plantée le jour de ta naissance. Je ne puis la voir sans émotion; car, de
même que ses branches se chargent de fruits délicieux, de même le Seigneur a étendu sa bénédiction sur nous, et t'a donné d'aimables enfants.

Quand le vieillard avait achevé son récit, il
plaçait sa main sur la tête de Pierre et de Claudine comme s'il eût voulu les bénir; mais les
deux enfants prenaient la main de leur vénérable
grand-père, et la baisaient avec respect.

II. — Mort des parents de Pierre et de Claudine.

Au milieu de cette douce existence, Pierre
avait atteint sa dixième année et Claudine sa
huitième. Le bon Philibert avait soixante-dix

ans accomplis, et pensait sérieusement à sa dernière heure, qui ne pouvait être éloignée.

Déjà Eléonore et Beppo étaient convenus qu'au
printemps Pierre remplacerait sa mère dans la
garde des troupeaux sur les montagnes; car il
avait la force nécessaire pour s'acquitter de cette
tâche, et s'il ne l'avait pas fait plus tôt, c'était
par un excès de tendresse de ses parents, qui
redoutaient pour lui les dangers attachés à ce
pénible exercice; car la plus grande prudence
est nécessaire pour gravir les chemins escarpés
pratiqués dans les montagnes. Les chèvres
agiles et vagabondes, pour lesquelles il n'est pas
de pente trop rapide, se dispersent souvent, et
vont dans les lieux les plus dangereux brouter
les herbes aromatiques. Ce n'est pas sans peine
et sans péril que le chevrier les tient réunies;
car dès qu'elles sont éloignées de lui, elles n'é-
coutent plus sa voix, et ne sont dociles que quand
elles ont un petit.

Le soleil avait depuis longtemps disparu derrière la montagne qui dominait la chaumière,
que Philibert et ses enfants attendaient encore le
retour de Beppo et d'Eléonore, qui n'avaient pas
coutume de rentrer si tard.

Le vieillard, assis à la porte de la chaumière,

ne détachait pas les yeux du chemin par lequel ils devaient revenir; mais il ne voyait paraître ni bergers ni troupeau.

— Qu'est-ce que cela signifie? se dit à lui-même le vieillard en soupirant; la nuit approche, et ils ne sont pas de retour. Dieu les ait gardés d'un malheur! Jamais ils n'ont autant tardé à revenir; hier il a plu abondamment, les sentiers doivent être glissants, je les ai priés de ne pas conduire le troupeau dans la montagne, mais dans la crainte que les chèvres ne trouvassent pas assez d'herbe dans la vallée, ils n'ont pas cédé à mes prières.

— Bon-papa, dit Pierre en interrompant le vieillard, la lune est déjà au-dessus des rochers, et mes parents ne sont pas de retour. Je tremble qu'il ne leur soit arrivé un malheur.

Un soupir fut toute la réponse de Philibert.

— Tu te tais, continua Pierre, et cependant tes joues sont baignées de larmes; dis-moi, quand reviendront-ils?

— Le sais-je, mon fils, répondit le vieillard d'une voix tremblante, en cherchant à lui cacher ses larmes; mais rassure-toi, tes parents peuvent s'être attardés et cependant venir encore.

Ecoute, n'entends-tu pas le bêlement d'une chèvre?

— Je crois qu'oui, reprit Pierre en prêtant l'oreille avec plus d'attention. Vois, grand-papa, il me semble que cette chèvre blanche qui descend de la montagne est Lilia. La pauvre bête cherche son petit, que nous avons tué hier pour en manger la chair. Pauvre Lilia!

Pierre ne s'était pas trompé, c'était Lilia. Philibert, qui s'était levé en la voyant paraître, la reconnut quand elle passa devant lui, en se dirigeant vers l'étable où elle croyait trouver son chevreau.

— Beppo et Eléonore ne vont pas tarder à paraître, dit le vieillard d'une voix plus ferme. Lilia les aura précédés pour être plus tôt près de son petit. Les autres chèvres vont venir avec tes parents. Mais où est donc Claudine?

— Elle dort depuis une heure, reprit Pierre; le jour a été chaud, et elle s'est fatiguée à retourner le foin.

— Laisse-la dormir, mon enfant, reprit Philibert, je rends grâces à Dieu de ce qu'elle n'a pas partagé notre vaine frayeur. Cependant ils ne paraissent pas, où peuvent-ils être?

Ils flottèrent encore quelques instants entre la

crainte, l'attente et l'espérance ; mais à mesure
que la lune s'élevait au-dessus de l'horizon, leur
anxiété s'accroissait. Lorsqu'enfin la grande
ourse fut au-dessus de leur tête, ce qui indiquait
qu'il était minuit, le vieillard fondit en larmes ;
car il ne pouvait plus douter qu'il ne leur fût arrivé un malheur. Pierre, assis près de son grand-
père, priait avec ferveur, et pleurait avec lui,
tandis que l'heureuse Claudine dormait profondément, sans se douter du malheur qui l'avait
frappée.

Quoique l'on fût au commencement de juin, e.
qu'alors les nuits soient les plus courtes de l'année, cette nuit leur parut d'une longueur affreuse.
Enfin, aux premiers rayons du soleil qui parurent
derrière la montagne la plus éloignée, les oiseaux
s'étaient éveillés et chantaient dans le bocage en
secouant leur plumage humide.

Le calice des fleurs et les herbes des prairies,
couvertes de rosée, brillaient comme des perles
d'orient ; la julienne fermait son calice em-
baumé, et le roi du jour s'élevait de derrière les
montagnes, et apportait la joie et le bonheur à
chaque créature.

— Grand-papa, dit Pierre en essuyant ses larmes, le soleil est levé.

— Le soleil est de retour, reprit le vieillard en soulevant sa tête qui était tombée sur sa poitrine; mais ils ne le sont pas.

— Peut-être les retrouverons-nous, dit Pierre en soupirant et en saisissant convulsivement une des mains du vieillard, qu'il pressa contre sa poitrine.

— Nous les retrouverons peut-être, mon enfant; mais, dans quel état? brisés, méconnaissables. O douleur!

— Grand-papa, l'idée de la mort de ceux que j'aimais tant me fait trembler. Dieu pourrait-il avoir été si cruel envers eux?

— Les décrets du Seigneur sont impénétrables, reprit le vieux pâtre en levant les yeux au ciel; que sa volonté soit faite sur la terre comme dans le ciel, continua-t-il à demi-voix.

Cette courte prière lui rendit son courage. Il se leva, embrassa Pierre, et lui ordonna de veiller jusqu'à son retour, près de sa sœur qui dormait encore. Il dit à Pierre qu'il voulait aller implorer l'assistance des habitants de la vallée pour retrouver ses enfants. Il prit son bâton de montagnard, et s'achemina vers les sentiers rapides que depuis longtemps il n'avait plus parcourus. La douleur lui avait rendu la vigueur de

sa jeunesse, et Pierre l'aperçut bientôt sur la
crête de la montagne qui conduisait à la vallée
voisine.

Le pauvre Pierre, abandonné à lui-même, se
livra à la plus vive douleur; son visage était
gonflé par les larmes, et son cœur était brisé.

Claudine se réveilla enfin, appela son père,
ensuite sa mère; comme ils ne lui répondaient
pas, elle appela son grand-père, puis son frère.
Ce dernier entra en ce moment dans la chaumière, et pressa sa sœur sur son cœur sans pouvoir proférer une seule parole.

— Pierre, mon frère, tu pleures, s'écria-t-elle;
où sont nos parents ? Où est grand-papa ? Nous
ont-ils abandonnés dans cette chaumière ?

— Rassure-toi, ma pauvre Claudine, lui répondit Pierre en sanglotant, peut-être tout ira-
t-il mieux que nous ne pensons, peut-être nos
parents reviendront-ils. Ici, il s'arrêta, la douleur
glaça la parole sur ses lèvres.

— Peut-être reviendront-ils ! s'écria Claudine
en s'attachant aux habits de son frère; que dis-
tu ? que leur est-il arrivé ?

Pierre ne lui répondit rien, mais il alla s'asseoir
à terre dans un coin de la chaumière et pleura
amèrement. Claudine s'alla mettre à ses côtés et

appuya sa tête sur sa poitrine. Ils restèrent longtemps dans cette posture sans proférer une seule
parole ; on n'entendait que leurs soupirs.

Le besoin de nourriture se fit bientôt sentir ;
car la nature réclame impérieusement ses droits
aussi bien dans la joie que dans la douleur.

—J'ai faim, dit Claudine en levant la tête ;
mais aujourd'hui que papa et maman ne sont
plus là, qui nous donnera à boire et à manger ?

—Je vais t'aller chercher du pain et du lait,
lui répondit Pierre ; mais... Il se tut.

—Qu'as-tu donc, mon cher Pierre, demanda
Claudine ?

— Je ne puis te donner de lait, répondit Pierre
avec tristesse, le troupeau n'est pas revenu.

—Ma petite Lilia non plus ? demanda Claudine.

— Elle seule est revenue, parce qu'elle cherchait son chevreau. Hélas ! nos pauvres parents
auront pensé à nous quand ils ont péri, comme
Lilia pense à son petit que nous lui avons enlevé !
Le pauvre enfant se mit à pleurer de nouveau, et
oublia de traire Lilia pour donner à déjeuner à
sa sœur.

Claudine avait pour un instant oublié le besoin, mais elle rappela bientôt à Pierre que la

faim la pressait. Il se leva, prit le seau à traire et se rendit à l'étable. Aussitôt que Lilia l'aperçut, elle se leva et courut lui lécher les mains; cependant elle ne se montra pas, cette fois, si joyeuse que de coutume : la perte de son petit l'avait rendue moins folâtre.

Pierre comprit ce qu'éprouvait cette pauvre mère; car il savait par expérience combien il est affreux d'être séparé des siens. Il prit la pauvre bête dans ses bras, appuya sa tête sur la sienne, et se mit à pleurer. Il semblait que Lilia le comprit, car elle répondait à ses larmes par un bêlement plaintif. Pierre commença à la traire, ce qu'elle souffrit patiemment; avant de la quitter, il lui donna une poignée d'herbe fraîche et la flatta de la main.

Claudine, qui l'avait suivi, prit le lait, Pierre alla chercher du pain dans l'armoire, et ces deux pauvres enfants se mirent à déjeuner sans prononcer une parole.

Midi était arrivé, ce qu'ils virent au soleil, qui était au-dessus de leurs têtes, et à l'ombre des branches du châtaignier. Vous saurez, mes chers lecteurs, que plus le soleil est élevé au-dessus de l'horizon, plus l'ombre des corps est courte. C'est ainsi que les habitants des campagnes, qui n'ont point de montres, connaissent l'heure du jour.

Ils virent enfin le bon Philibert descendre lentement de la montagne. Ils s'aperçurent, malgré leur éloignement, que le visage du bon vieillard était plus pâle que de coutume, et qu'il avançait avec peine. Tous deux se hâtèrent d'aller à sa rencontre, et quand ils l'eurent rejoint, ils le prirent par la main et lui demandèrent :

— Où sont nos parents ? les as-tu retrouvés ?

Le vieillard secoua la tête, leva les yeux au ciel, et dit d'une voix tremblante :

— Mes enfants, priez le Seigneur de vous donner des forces ! Il n'en put dire davantage.

— Ils sont donc morts ? s'écrièrent-ils tous deux avec effroi.

— Dieu les a rappelés à lui, mes enfants, que sa volonté soit faite !

Pierre et Claudine, effrayés de ces paroles, ne purent répondre un seul mot. Le vieillard leur présenta la main et leur dit de le suivre dans la chaumière ; car après la longue marche qu'il venait de faire, il avait besoin de repos.

— Je vous raconterai tout, leur dit-il.

Tous trois prirent en silence le chemin de la

chaumière. Quand ils furent arrivés, le vieillard leur dit, après une longue pause :

— Mes enfants, vous n'avez plus ni père ni mère; il ne vous reste plus que le Seigneur, qui ne vous abandonnera pas si vous êtes bons et pieux; car pour moi, déjà glacé par l'âge, je sens que mes heures sont comptées. Une chute du haut des rochers que les montagnards appellent *Roccia malinventurata*, à cause des malheurs qui en sont résultés, leur a fait trouver la mort. Peut-être l'un d'eux aura-t-il glissé, et aura entraîné dans sa chute l'autre, qui lui portait secours. Tous deux sont tombés dans l'abîme et ont péri dans les eaux du torrent. On vient de retrouver à l'extrémité de la vallée les corps de nos bien-aimés, et on leur prépare un tombeau. Moi-même, mes enfants, je les ai vus. Faut-il que j'aie survécu à ce jour!

Votre cœur vous dira, ô mes jeunes amis, quelle dut être la douleur de ces trois infortunés.

III. — Que vont devenir les enfants?

Philibert se fit cette question quand sa douleur fut moins vive. Avec leurs parents ils

avaient perdu leurs ressources, car le troupeau,
leur unique richesse, s'était dispersé après la
mort de ses guides, et il était impossible de le
réunir. La nature du lieu, ainsi que l'amour de
l'indépendance qui caractérise les chèvres, ren-
daient cette tâche impraticable, d'autant plus
qu'on était dans la plus belle saison de l'année,
et que ces animaux trouvaient dans la montagne
une nourriture abondante et des grottes pour y
passer la nuit.

Un peu de pain, quelques fromages de chèvre
et quelques châtaignes, telles étaient les provi-
sions que renfermait la chaumière ; qu'auraient-ils
dans la suite pour se nourrir ? Ces réflexions du
vieux Philibert augmentaient sa douleur, et si
sa piété ne l'avait pas soutenu, il se serait laissé
aller au désespoir ; mais il espérait toujours dans
la miséricorde du Seigneur.

— Mes enfants, leur dit-il le lendemain, nous
ne pouvons plus rester ensemble, car comment
nous nourrir et nous vêtir ? Vous devez faire ce
que je fis à l'âge de Pierre, émigrer pour gagner
votre vie. Dieu vous protégera, comme il m'a
protégé ; si vous lui restez fidèles, il ne vous
abandonnera pas. Cette pensée consolante a
toujours été le soutien de ceux qui, comme nous,

ont éprouvé de grandes afflictions. Je vous ai parlé du beau pays de France, où je me rendis avec quelques paolis (monnaie italienne de peu de valeur), et, malgré ma pauvreté et ma jeunesse, je trouvai à gagner mon pain. Allez, mes enfants, suivez cet exemple, et n'oubliez pas votre grand-père, qui priera chaque jour le ciel pour vous.

En prononçant ces derniers mots, la voix manqua au bon vieillard; il étendit les mains sur la tête de ses enfants en pleurant à chaudes larmes.

— T'abandonner, grand-papa! s'écrièrent en même temps les deux enfants; qui aura soin de toi?

— Je n'ai plus que peu de jours à vivre, reprit le vieillard avec résolution; le malheur qui m'a frappé... Il voulait ajouter: Et ma séparation de vous, mais il se retint dans la crainte de les affliger. Après une pause, il continua:

— Les pâtres de la montagne, à qui j'ai annoncé votre départ, prendront soin de moi jusqu'à la fin de mes jours; en récompense, je leur rendrai tous les services dont mon âge me rend capable. Ils auraient soin de vous s'ils n'étaient pas si pauvres, et ne manquaient pas souvent de

2

pain. Je me retirerai chez la bonne Estelle; elle est veuve, a beaucoup d'enfants; je veillerai sur eux pendant qu'elle sera dans la montagne; ce service méritera bien encore un morceau de pain. Je vends cette chaumière et ce qu'elle renferme au jeune Stéphano, qui est arrivé de France avec quelque argent, et a trouvé une femme vertueuse. Le produit de cette vente servira à vous équiper d'une manière convenable, et vous emporterez encore quelques francs qui vous mettront à l'abri du besoin le plus pressant, et vous permettront d'entreprendre quelque chose. Je ne pouvais supporter l'idée de vous voir mendier; grâce au ciel, vous n'en aurez pas besoin. Stéphano m'a promis hier de venir aujourd'hui même. Nous terminerons cette affaire, et il nous assistera de ses conseils. C'est un honnête garçon, qui a acquis de l'expérience. Le voilà; il tient parole, comme le doit faire un homme consciencieux.

Dans le même moment, Stéphano entra dans la chaumière; il salua le vieillard avec respect, et les enfants avec amitié.

— Me voilà, père Philibert, lui dit-il en lui tendant la main; comment cela va-t-il?

— Aussi bien que le permet ma position douloureuse, reprit le vieillard. Dieu me donne la force de supporter mon malheur avec résignation.

— Vous êtes un homme pieux, reprit Stéphano avec émotion.

— Où en serais-je, si la religion m'abandonnait?

— Avez-vous réfléchi à la proposition que je vous fis hier au sujet de vos enfants?

— Il ne nous reste rien de mieux à faire que de suivre votre conseil; je leur en ai parlé. Quel prix me donnez-vous de cette chaumière et de ce qu'elle renferme?

— C'est à vous d'en fixer le prix, répondit l'honnête Stéphano; si je puis vous satisfaire, le marché sera conclu: voici deux cents francs que j'ai rapportés de France, ils constituent toute ma fortune; dites-moi ce que voulez pour votre bien.

— Partagez votre argent avec les enfants, si cela vous convient, et prenez possession de ce bien: il n'est pas considérable; mais nous y avons vécu heureux, et le ciel vous y réserve des jours plus fortunés.

— Ce marché me convient: voilà l'argent.

Vous pouvez rester dans cette chaumière aussi longtemps que cela vous plaira.

— A quoi bon y rester encore quand il faut un jour la quitter? répondit le vieillard avec tristesse. Je vous prie d'acheter aux enfants quelques vêtements et quelques petites marchandises, afin qu'ils puissent commencer un petit négoce.

— Vous serez satisfait, père Philibert.

Pendant cet entretien, les enfants, le cœur navré de douleur en pensant qu'ils devaient pour toujours quitter cette chaumière, s'étaient éloignés.

— Viens, ma chère Claudine, dit Pierre à sa sœur, en lui tendant la main; viens pour la dernière fois nous reposer sous notre châtaignier chéri.

— Nous emmènerions volontiers Lilia, dit Pierre, si elle n'était pas vendue à Stéphano.

— Quoi! cette bonne Lilia, si douce, si obéissante! s'écria tristement Claudine.

— Hélas! oui, reprit Pierre; allons encore une fois la caresser, notre bonne Lilia.

Les enfants allèrent à l'étable, et firent sortir la chèvre, qui n'hésita pas à les suivre. Pierre lui coupa quelques jeunes branches garnies de feuil-

lage, et ce bon animal paraissant deviner l'intention des enfants, se coucha dans l'herbe auprès
d'eux. Claudine passa ses bras autour du cou de
la blanche chèvre, et la flatta doucement de la
main.

Les deux pauvres orphelins restèrent longtemps assis avec tristesse sous l'ombrage du châtaignier; ils s'entretinrent de leurs parents, que
Dieu avait rappelés vers lui, et qu'ils ne devaient
jamais revoir sur cette terre; de leur grand-père
qu'ils devaient abandonner quand son âge récla-
mait leurs soins; de leur arbre favori; des ceps
aux doux fruits que leur grand-papa avait plantés le jour de la naissance de leur infortuné père;
de Lilia; du bouvreuil qui sifflait si joliment la
chanson des montagnes; de leur marmotte qui
ne fuyait pas, quoiqu'elle fût en liberté, et de
toutes leurs jouissances qu'il leur fallait abandonner à jamais. Ces douloureux souvenirs faisaient couler leurs larmes; mais ces pleurs soula-
geaient leur cœur oppressé.

Stéphano, qui avait conclu son marché avec
Philibert, et était sur le point de retourner vers
son père, s'avança vers les enfants, qu'il exhorta
au courage, et leur dit que, quoiqu'il eût acheté
leur chaumière et ce qu'elle contenait, ils pou-

vaient en emporter, outre leurs vêtements, ce qui leur convenait le mieux.

— Que vous êtes bon, cher Stéphano! s'écrèrent les enfants.

— Il n'y a rien dans cette action qui mérite un tel compliment, dit Stéphano avec modestie; n'en feriez-vous pas autant si vous étiez à ma place? Faites un paquet de tout ce qui vous convient.

— Je ne puis mettre Lilia dans mon paquet, dit Claudine avec timidité; cependant ce serait elle que j'aimerais le mieux à conserver.

— Cela est vrai, dit Stéphano en souriant; mais elle peut te suivre. Quand il te sera devenu impossible de la garder, tu la vendras; et tant qu'elle restera dans la montagne, elle trouvera de la nourriture

— Parlez-vous sérieusement, mon bon Stéphano, dit Claudine en essuyant ses larmes?

— Oui, mon enfant.

— Pourrai-je aussi emporter mon bouvreuil? demanda Pierre.

— Sans doute, mon ami, mais comment feras-tu?

— Vous avez raison, car il est farouche, et il s'envolerait aussitôt qu'il se verrait en liberté.

Je serai déjà si chargé que je ne puis guère penser à l'emporter dans une cage. Tenez, gardez-
le; mais promettez-moi d'en avoir soin.

— Je te le promets, mon cher Pierre; autre
chose te ferait-il plaisir?

— Ma chère petite marmotte; mais il faut
qu'elle reste ici.

— Je ne puis, dans cette circonstance, t'être
d'aucun secours; cherche autre chose de plus
portatif, tu as encore le temps. En disant ces
mots, il prit congé des enfants, qui rentrèrent
dans la chaumière, auprès de leur grand-père,
avec lequel ils ne devaient plus rester que peu
de jours.

— Vous voilà, mes enfants, leur dit le vieillard en paraissant sortir de réflexions pénibles.

Les enfants s'assirent à ses côtés et prirent
tendrement ses mains sans proférer une parole.

A peine furent-ils assis que la charitable
veuve qui devait prendre soin de Philibert
entra.

— Pardonnez-moi si je vous dérange, dit-elle
avec timidité au vieillard.

— Soyez la bien-venue, ma chère l'stelle;
qu'apportez-vous dans ce panier?

— Promettez-moi d'abord de ne pas vous fâcher.

— Comment pourrais-je me fâcher contre vous, répondit le vieillard, vous avez tant de bonté pour moi. Mais asseyez-vous; il y a loin de votre maison à la nôtre, ou plutôt à celle de Stéphano, à qui je viens de la vendre.

— Alors vous viendrez chez moi, dit la bonne veuve avec joie.

— Oui, oui, ma bonne Estelle, répondit le vieillard en soupirant.

— Je vous regarde déjà comme mon hôte, c'est pourquoi je ne fais pas de façons avec vous.

Elle leva alors le couvercle de son panier, qui était plein de vivres.

— Voilà, continua-t-elle, ce que j'apporte pour vous et pour vos chers enfants. Je regrette de ne pouvoir vous apporter du lait; mais les chemins sont trop difficiles, et j'aurais été trop chargée.

— Je vous remercie de votre attention, ma chère Estelle, dit Philibert en lui tendant la main : jamais je ne serai repoussé de votre foyer.

— Dieu m'en garde, s'écria Estelle, en se si-

gnant; vous serez chez moi comme y eût été
mon propre père.

— Le bon Dieu vous récompensera de votre
charité, dit alors Pierre; et si jamais je deviens
riche, vous pouvez être sûre que je n'oublierai
pas les soins que vous aurez prodigués à grand-
papa; si alors vous êtes dans le besoin, je prendrai soin de vous. Le pauvre Pierre était si ému
que ses larmes coulaient en abondance; il
pressa avec attendrissement la main de la bonne
Estelle.

— Je te crois, mon cher Pierre, répondit Estelle; plût à Dieu que je pusse vous prendre tous
avec moi; mais la misère m'en empêche, et je
ne me plains jamais de ma mauvaise fortune que
quand je me vois dans l'impossibilité de faire le
bien.

Estelle se retira chargée des bénédictions du
vieillard, qui commençait à moins désespérer de
son avenir.

IV. — La séparation.

Les enfants restèrent encore pendant huit
jours auprès de leur grand-père; car il fallait ce

temps pour que Stéphano se fût procuré les vêtements et les petites marchandises sur lesquelles
ils fondaient leur espoir à venir.

Le bon Philibert profita de ce temps pour donner à ses enfants les préceptes de morale et de
vertu, ainsi que les règles de conduite qui devaient leur servir dans le monde corrompu au
milieu duquel ils allaient se trouver. Tous deux
l'écoutaient avec une prodigieuse attention; car
ils étaient convaincus que personne ne leur portait un plus vif intérêt que lui.

Pendant ce temps la bonne Estelle pourvut à
tous leurs besoins, et lorsqu'elle ne trouvait pas
chez elle les ressources nécessaires, elle s'adres-
sait aux autres montagnards, qui retranchaient
volontiers de leur nécessaire pour empêcher cette
famille infortunée de succomber à la misère.

Stéphano arriva enfin avec les objets nécessaires au voyage des enfants. Tous deux furent
complètement habillés de neuf. Pierre avait un
petit assortiment de marchandises consistant en
couteaux, ciseaux, lunettes, tabatières, etc.;
Claudine, moins robuste, avait du fil, du ruban,
des aiguilles, etc. Le prix était indiqué sur chaque article, et comme Pierre savait déjà lire et
écrire, ces indications lui furent très utiles.

Par une belle matinée, les enfants accompagnèrent leur grand-papa chez la bonne Estelle. Il est impossible de décrire les sensations douloureuses qui venaient assaillir leur esprit; leurs larmes coulaient au souvenir du bonheur dont ils avaient joui dans l'heureuse retraite qu'ils allaient abandonner pour toujours; mais l'idée de quitter leur grand-père, que peut-être ils ne reverraient jamais, rendait leur séparation plus affligeante encore.

Le vieillard était trop profondément ému pour parler; il se taisait, dans la crainte que sa douleur n'accrût celle de ses chers enfants.

Stéphano, que Philibert avait fait demander, reçut de lui la clé de la chaumière en signe de propriété, et le bon jeune homme sentit des pleurs mouiller ses paupières quand il les vit s'éloigner à pas lents. La douleur des enfants était si profonde qu'ils remplissaient l'air de leurs cris; Claudine avait même oublié Lilia.

Ils étaient déjà loin lorsque Claudine s'entendit appeler, et vit Stéphano qui lui amenait sa jolie chèvre. Quand Lilia aperçut Claudine, elle bondit joyeusement, et son guide n'eut plus besoin de la traîner.

— O le bon Stéphano! s'écria Claudine en les apercevant, il m'amène Lilia.

— Tiens, Claudine, lui dit Stéphano quand il les eut rejoints, je t'amène ta chèvre, que tu voulais qui te suivit.

— Oh! que vous êtes bon, Stéphano; le chagrin me l'avait fait oublier.

— Mon cher Pierre, dit Stéphano au jeune garçon, j'apporterai ton bouvreuil à ton grand-papa, qui se rappellera de vous quand l'oiseau sifflera sa jolie chanson. Quant à ta marmotte, je la garde; elle ne manquera de rien chez moi.

En disant ces mots il s'éloigna rapidement, car il n'aurait pu résister plus longtemps à son émotion : il se rappelait son départ des montagnes, et ce souvenir le faisait encore tressaillir. Lilia suivit en bondissant sa jeune maîtresse; elle s'arrêtait seulement de temps en temps pour brouter quelques jeunes plantes aromatiques : sa gaîté dissipa un peu la tristesse des enfants, dont les larmes se séchèrent.

Il descendirent alors dans la riante vallée où se trouvait la chaumière d'Estelle, au milieu de quelques autres. Il y avait aussi là une petite chapelle entourée d'un cimetière où reposaient les restes des parents de nos enfants. Le vieillard dirigea ses pas vers ce champ de repos, et ses enfants l'y suivirent.

Deux fosses encore récentes, surmontées d'une croix de bois, se montrèrent à leurs regards. Philibert prit les enfants par la main, les conduisit vers les tombes, et leur dit d'une voix à demi étouffée par les sanglots :

— C'est ici, mes enfants, que reposent ceux qui vous aimaient le plus sur cette terre, car jamais vous ne retrouverez autant d'amour qu'ils vous en portaient. Jamais ils ne nous ont causé de peines, ces tendres amis; toute leur vie fut consacrée à la vertu, à la piété et à la consciencieuse exécution de leurs devoirs. Promettez-moi, sur cette tombe qui renferme la dépouille mortelle des auteurs de vos jours, que vous serez comme eux, bons, pieux et vertueux, afin qu'on puisse aussi dire sur votre tombe : Ici repose un homme de bien.

Le vieillard n'eut pas la force d'en dire davantage. Les enfants pleuraient amèrement et se jetèrent à ses genoux, qu'ils embrassèrent fortement.

— Promettez-moi d'être bons et vertueux, mes enfants. Promettez-le-moi en face de Dieu et de ces tombeaux, dit Philibert d'une voix tremblante.

— Nous le promettons ! s'écrièrent les enfants en levant les yeux au ciel.

— Recevez ma bénédiction, et allez en paix. Voilà le chemin que vous devez suivre. Eloignez-vous, afin que la douleur ne brise pas mon pauvre cœur avant le temps fixé par la nature.

Les enfants se jetèrent au cou du vieillard, qu'ils embrassèrent cent fois sans pouvoir se séparer de lui. Enfin il leur fit signe de partir, et ils s'éloignèrent. Quant à lui, il resta près des tombeaux, et suivit ses petits-enfants des yeux aussi loin que le permit la faiblesse de sa vue. Lorsqu'ils eurent disparu, il se jeta sur une des tombes, et pleura amèrement : peut-être priait-il, car il avait les mains jointes.

Les orphelins continuèrent leur route à travers la montagne ; à chaque instant ils s'arrêtaient, et se tournaient vers leur grand-père et vers les tombes de leurs parents. Dans leur douleur, ils ne s'étaient pas aperçus que Lilia les suivait. Quand ils eurent atteint le sommet de la montagne, il leur fallut descendre le sentier opposé ; alors leur grand-père, les tombeaux et

la vallée qui devait désormais servir de demeure
au bon Philibert disparurent à leurs yeux.

Ils marchèrent encore pendant quelque temps ;
Claudine dit alors à son frère :

— Pierre, reposons-nous un peu, je ne puis
aller plus loin.

— Reposons-nous sous cet épais ombrage, répondit Pierre, et attendons que la chaleur du
jour soit moins brûlante. Nous arriverons encore
avant la nuit dans le village où nous devons
coucher.

Claudine accepta avec joie cette proposition.
Tous deux s'assirent sous le feuillage, tandis
que l'infatigable Lilia broutait les jeunes feuilles
des buissons.

Pierre, qui était devenu l'unique protecteur de
sa sœur, pensa qu'elle devait avoir faim et soif.
Il tira de son bissac du pain, du fromage et une
bouteille d'osier pleine de lait qu'ils pouvaient
toujours renouveler, car Lilia en donnait encore
abondamment.

Malgré sa lassitude, Claudine sentait déjà le
besoin. Aussi fut-elle sensible à l'attention de
son frère. Tous deux prirent un léger repas,
sans oublier Lilia, qui vint manger dans leur
main quelques débris de pain. Quand ils eurent

fini, ils se couchèrent sur l'herbe, car ils avaient
autant besoin de repos que de nourriture. Lilia
se coucha près d'eux, comme l'eût fait un chien
fidèle.

Leurs parents, leur bon grand-père, leur chaumière et leurs innocentes joies se retracèrent
en songe à leur esprit : ils étaient heureux ; mais
au réveil, leur joie s'était évanouie, et ils se re-
trouvèrent pauvres et abandonnés.

Pierre s'éveilla le premier, et s'aperçut avec
effroi que le soleil avait déjà disparu derrière la
montagne.

— Claudine, ma sœur, éveille-toi, s'écria-t-il
d'une voix lamentable. Nous n'avons pas de
temps à perdre si nous ne voulons pas que la
nuit nous surprenne en chemin. Je crains que
nous ayons trop tardé, car dans les montagnes
la nuit vient vite.

Claudine ouvrit les yeux, et les referma aussitôt ; il fallut, pour la réveiller, que son frère
l'appelât une seconde fois.

— Qu'as-tu donc à crier de la sorte? dit
Claudine en bâillant et en se frottant les yeux.

— J'ai raison de m'effrayer : le soleil est déjà
couché, et la vallée qui est à nos pieds est plon-
gée dans l'ombre. Si la nuit nous surprend ici,

il faudra nous y arrêter, dans la crainte de tomber dans un précipice ainsi que nos pauvres parents. Nous coucherons en plein air, ce qui n'est pas sain; car bon-papa nous a dit d'éviter le froid de la nuit.

— Il est impossible que le soleil soit déjà couché, dit Claudine encore à demi éveillée; car nous n'avons dormi que quelques instants.

— Tu peux me croire, ma sœur, le soleil est couché; hâte-toi de me suivre.

— Je suis encore plus lasse qu'avant de dormir.

— Pauvre sœur! mais que faire? il nous faut absolument partir.

En disant ces mots, il prit son sac sur ses épaules, mit sa baguette à son côté, prit à son bras le panier de sa sœur, et se mit en route. La pauvre enfant le suivit; et quoiqu'elle fût accablée de fatigue, elle ne voulut pas consentir à ce qu'il portât son panier.

V. — Une nuit dans la montagne. L'aventure.

La vallée devenait de plus en plus obscure, le sentier qui y conduisait de plus en plus rapide,

et la nuit leur en dérobait la vue. Quelques
étoiles commencèrent à briller au ciel, et ils ne
pouvaient compter sur la clarté de la lune, qui ne
devait paraître qu'à minuit. Déjà Claudine avait
couru le danger de glisser sur le sol humide,
dont elle ne pouvait plus apercevoir les inéga-
lités, et comme la mort aurait été la suite d'un
faux pas, Pierre lui dit :

— Arrêtons-nous, ma sœur, nous ne pouvons
espérer d'arriver au village, et nous courons de
grands dangers si nous tentons d'aller plus loin.
Cherchons un abri où nous attendrons le jour.
Dans cette saison, le soleil se lève de bonne
heure, et nous n'avons rien qui nous presse.

— Je le veux bien, mon cher Pierre ; car j'ai
déjà failli glisser.

— Je vois, dit Pierre, un buisson près d'ici ;
peut-être y trouverons-nous un abri. Ne crai-
gnons rien, Dieu est partout, comme le dit
grand-papa.

— Eh bien ! allons nous y réfugier.

Tout en s'entretenant de la sorte, ils arrivèrent
au lieu qu'ils avaient pris pour un buisson, et
qui n'était autre chose qu'un pan de rocher qui
formait l'entrée d'une grotte ou le bord d'un pré-

cipice, ce que l'obscurité les empêchait de distinguer.

— Ce n'est pas un buisson, dit Pierre; mais le lieu me paraît propre à passer la nuit. Suis-moi avec prudence, je vais sonder avec mon bâton si ce n'est pas un précipice. Va lentement, Claudine.

— Comme il fait noir ici ! s'il y avait des fantômes ou des esprits follets?

— Qui t'a mis cela dans la tête?

— Bon-papa nous en a parlé plus d'une fois.

— Il nous a toujours dit que c'étaient des contes faits à plaisir, et que tous les gens sensés n'y ajoutaient aucune foi.

— J'ai pourtant bien peur.

— Ne crains rien, suis mon exemple.

— Oui, si j'y voyais clair.

— Nous n'avons pas besoin d'aller plus loin; nous sommes en sûreté ici, dit Pierre, après avoir sondé avec son bâton le sol tout autour de la place où ils se trouvaient.

— Assieds-toi; mais attends, je vais ôter ma veste et l'étendre sur la terre, afin que tu ne te couches pas sur le sol humide.

— Merci, mon cher Pierre ; je ne veux pas que

tu sois glacé de froid, tandis que je serais couchée chaudement; car il fait froid ici.

Un combat généreux s'engagea entre ces deux pauvres enfants, et Pierre consentit à garder sa veste.

— Qu'est-ce que je vois là-bas, Pierre? s'écria Claudine d'une voix qui trahissait son émotion. J'aperçois deux yeux brillants. J'en suis sûre, c'est un fantôme qui habite cette caverne.

— La peur te trouble la raison, dit Pierre avec humeur; je t'ai déjà dit qu'il n'existait pas de fantômes.

— Tu as beau dire ce que tu voudras, je vois bien distinctement deux yeux flamboyants; ils s'approchent, et j'entends un grognement. Nous sommes perdus; le follet va nous dévorer.

— En effet, j'aperçois les yeux brillants dont tu me parles, dit Pierre à voix basse. Après un instant de réflexion, il rassembla son courage, ramassa son bâton, et s'avança hardiment vers l'endroit où étincelaient ces deux globes de feu, et d'où partait cet étrange grognement.

Quoique notre jeune héros marchât droit à l'ennemi le bâton levé, celui-ci avançait toujours. Claudine respirait à peine, et Pierre sentait son sang se glacer dans ses veines. Tout-à-coup, un bêlement vint frapper leur oreille, et Pierre sentit un poil rude toucher sa main.

— Que nous sommes simples! s'écria-t-il, revenu de sa frayeur : c'est Lilia!

— En es-tu sûr? dit Claudine.

— Aussi sûr que je suis ton frère. Je vais t'amener l'esprit follet qui trouve mauvais que nous passions la nuit ici. Il prit alors Lilia par les cornes, et l'amena à Claudine, qui caressa l'objet de sa frayeur.

— Que tu m'as fait peur, dit Claudine à Lilia, qui s'était couchée à côté d'elle et lui léchait les mains.

Les enfants étant revenus de leur effroi, s'endormirent paisiblement après avoir fait leur prière.

Le soleil éclairait la grotte de ses premiers rayons, lorsque nos deux jeunes voyageurs se réveillèrent. Le sommeil les avait si complètement reposés, qu'ils se sentirent la force de continuer leur voyage.

— Avant de nous mettre en route, il faut, dit Pierre en souriant, pour punir Lilia du tour qu'elle nous a joué hier, la faire contribuer à notre déjeuner. Il se mit alors en devoir de traire la chèvre, qui s'y prêta d'autant plus volontiers que ses mamelles, distendues par le lait, commençaient à l'incommoder.

Quand ils eurent fini leur repas, qu'ils trouvèrent délicieux, et que Pierre eut replié son bagage, il dit :

— Nous pouvons maintenant continuer notre route; le bon Dieu, qui nous a protégés jusqu'à présent, ne nous abandonnera pas.

— Que fait bon-papa? dit Claudine en soupirant; c'est la première fois que nous ne le voyons pas à notre réveil.

— Il pense sans doute à nous, il est inquiet sur notre sort. Quant à nous, nous ne pourrions être plus heureux ni plus joyeux, si nous avions encore nos bons parents, et que nous fussions près d'eux.

Ils quittèrent enfin la grotte, et se remirent en route.

Quel tableau majestueux s'offrait à leurs regards. Le soleil avait franchi la cime des montagnes les plus élevées, et colorait de ses rayons de pourpre les objets d'alentour. Les plantes, couvertes de rosée, brillaient de mille feux. La nature entière semblait sortir du sommeil. Les fleurs, après avoir fermé leur corolle embaumée, la rouvraient lentement, comme si

elles eussent voulu saluer le jour naissant. Sur
le sommet des montagnes inaccessibles aux
chasseurs les plus intrépides, paraissaient de
légers chamois, qui regardaient avec curiosité
nos jeunes voyageurs, assurés qu'ils paraissaient
être de n'avoir à redouter aucune poursuite. Le
jour commençait aussi à éclairer la vallée. Les
pâtres, accompagnés de leurs chiens fidèles,
conduisaient leurs troupeaux bêlants dans la montagne.

Quand nos petits voyageurs jetèrent les yeux
sur le chemin qu'ils avaient parcouru la veille,
ils ne purent s'empêcher de frémir en voyant les
dangers qu'ils avaient courus. Ils rendirent grâce
au Seigneur, qui avait protégé leurs jours.

Au bout de quelques heures de marche, ils arrivèrent dans la vallée où ils auraient dû coucher
la veille, et furent accueillis avec bienveillance
par les habitants, qui leur achetèrent non-seulement quelques bagatelles, mais leur offrirent à
boire et à manger, ainsi qu'un asile pour la nuit.
Comme les enfants avaient le projet de parcou-
rir encore une longue distance, ils quittèrent le
village après s'être reposés pendant quelques
heures. Un petit garçon, un peu plus âgé que
Pierre, offrit de les conduire à travers la forêt

sur la route de Genève, qu'ils devaient suivre
pour aller en France.

Sans guide ils se seraient sûrement égarés,
mais Jacques connaissait parfaitement cette
route. C'était en outre un garçon d'une gaîté
inépuisable, de sorte que, dans sa compagnie, le
chemin leur parut moins long.

Avant le coucher du soleil ils furent hors de
la forêt. Jacques leur indiqua la route qu'ils devaient suivre, et les quitta en leur souhaitant un
bon voyage.

Ils ne tardèrent pas à atteindre sans aventure,
et même sans grande fatigue, le village où ils se
proposaient de passer la nuit.

Mais ils y trouvèrent un accueil bien différent
de celui qu'ils avaient reçu dans le village de
Jacques. Partout on leur fermait la porte au nez,
quoique l'extérieur des maisons annonçât que les
habitants étaient dans l'aisance. Cette dureté
venait de ce que ce village était situé sur une
route fréquentée : les habitants étaient accoutumés à gagner beaucoup avec les voyageurs,
et n'avaient aucune pitié de leurs frères malheureux.

— Nous paierons ce qui nous sera donné, dit
Pierre, après avoir essuyé plusieurs refus.

— Payer! tous tiennent le même langage, et l'on n'en reçoit rien, dit la femme qui leur avait refusé sa porte.

— Ayez pitié de nous, nous vous récompenserons de votre peine, dit Pierre, qui craignait déjà de passer la nuit dehors.

— Allons, retirez-vous, dit la même femme avec colère, en fermant les verroux de sa porte.

C'était le premier refus qu'essuyaient nos enfants; aussi leur fut-il sensible.

— Qu'allons-nous devenir? dit Claudine.

— Ayons confiance en Dieu, il ne nous abandonnera pas.

Pierre ne se trompait pas; car il leur envoya du secours plus tôt qu'ils ne s'y attendaient.

Ils entendirent près d'eux une voix qui leur dit :

— Mes enfants, suivez-moi; tant que j'aurai un gîte, vous ne passerez pas la nuit dans la rue. Quand ils se retournèrent, ils aperçurent une bonne vieille appuyée sur son bâton, et qui avait entendu toute la scène.

— Grand merci, ma bonne dame, dit Pierre en s'approchant d'elle.

— Ne me remerciez pas encore; car vous n'avez rien reçu de moi, dit la vieille; je ne puis

vous offrir que peu de chose, continua-t-elle avec
tristesse : un lit de paille, un peu de pain, voilà
tout ce que je puis vous donner. Les enfants la
suivirent, et arrivèrent bientôt dans sa chaumière.

VI. — La chaumière de la bonne vieille.

Jamais plus pauvre chaumière n'a servi d'asile
à une créature humaine. Elle était éclairée par
la lueur d'un feu mourant entretenu par quelques branchages, que cette pauvre femme allait
péniblement ramasser dans la forêt.

— Mes enfants, leur dit-elle, je ne vous amène
pas dans un palais; mais vous serez à l'abri des
injures du temps. J'ai soigneusement bouché
avec de la mousse fraîche les fentes qui s'étaient
faites au toit de ma chaumière. Je ne puis vous
offrir que ce morceau de pain.

— Ma bonne mère, répondit Pierre, soyez hors
d'inquiétude pour notre souper; grâce à notre
bon-papa Philibert et au bon Stéphano, notre
bissac est bien garni, et puis voilà Lilia qui nous
donne du lait autant que nous en voulons. Vous
en boirez volontiers?

— Du lait! s'écria la vieille, du lait! Il y a bien longtemps que je n'en ai bu. Quand j'en demandais un peu aux riches, il me fallait essuyer dix refus avant d'en obtenir; ces refus m'ont lassée, et aujourd'hui j'étanche ma soif avec l'eau de la source de la forêt, qui est la meilleure à dix lieues à la ronde.

— Pourquoi ces gens sont-ils si méchants? demanda Claudine : chez nous il en est autrement; il aurait fallu voir comme la bonne Estelle prit soin de nous après que nos parents eurent péri.

— Pauvres enfants, si jeunes et déjà orphelins! dit la vieille en soupirant. Il ne faut pas vous étonner, continua-t-elle, de la dureté des habitants de ce village; la richesse endurcit le cœur, parce que le riche ne connaît pas les souffrances du pauvre. Quand je suis rassasiée, je me représente mal ce qu'éprouve celui qui manque de pain; mais, quand moi-même je souffre le besoin, je connais les tourments de la faim. Tels doivent être les riches; car je ne puis que le supposer, puisque j'ai toujours été pauvre.

— Vous avez donc toujours été malheureuse, demanda Pierre avec intérêt; car depuis peu de temps seulement il connaissait le dénuement.

— Malheureuse! parce que j'ai été pauvre?
demanda la vieille avec surprise. Parce que souvent le pain a manqué dans ma chaumière? Non,
mes enfants, la misère ne rend pas malheureux;
il n'y a qu'une conscience déchirée par le remords. Quand feu mon mari toucha à sa dernière
heure, et que je pleurais amèrement près de lui,
faute de pouvoir lui porter du soulagement, il
me dit :

— Pourquoi t'inquiéter autant des biens de
cette terre? Est-il temps de penser aux jouissances de cette vie, quand je suis sur le point
d'en goûter de plus précieuses? Que m'aurait-il
servi d'avoir vécu dans l'abondance, si je devais
trembler de paraître devant mon juge! Je meurs
sans crainte, ma chère femme; car j'ai toujours
eu la conscience pure, et j'ai suivi les comman-
dements du Seigneur. Depuis que je l'ai entendu
parler de la sorte, la misère m'est devenue plus
indifférente; car cette vie n'est pas la dernière,
et nous ne faisons qu'un court passage sur la
terre. Les riches la quittent avec plus de regret
que nous, qui ne commençons à vivre qu'en descendant dans la tombe. Tels sont les sentiments
qui me font souffrir patiemment la pauvreté.

Les paroles de la vieille produisirent une impression salutaire sur l'esprit des enfants; ils la contemplèrent avec respect, et prirent chacun une de ses mains, qu'ils pressèrent tendrement.

La vieille apporta du bois sec, et le jeta dans le foyer. La flamme ne tarda pas à briller en pétillant. Pierre sortit de son bissac du pain, du fromage, et la tasse de bois dans laquelle il tira le lait de Lilia. Tous les trois soupèrent de bon appétit, et les deux enfants virent avec plaisir la satisfaction de leur hôtesse qui, depuis long-temps, n'avait fait un si bon repas.

Après le souper, la vieille prépara le lit des enfants. Elle ne put leur donner qu'un lit de paille fraîche; mais comme ils étaient fatigués, ils dormirent profondément; et le lendemain au matin, ils se réveillèrent aussi dispos que s'ils avaient couché dans le meilleur lit. Comme Pierre n'avait plus de pain, il s'informa à la vieille si, pour de l'argent, l'on pouvait en trouver dans le village.

— Avec de l'argent ici l'on trouve tout, répondit-elle en soupirant; mais sans argent on est durement repoussé, et l'on ne reçoit que des injures. Que Dieu leur pardonne leur aveugle-ment!

— De quoi vivez-vous, bonne mere, demanda

Claudine, puisque vous n'avez ni champ, ni jardin, ni chèvre?

— Vous allez l'apprendre, mes enfants. Devenue infirme par l'âge, je ne puis m'occuper de travaux rudes et difficiles; je puis encore cependant faire des ouvrages faciles : je sarcle les champs et les jardins; je peigne la laine, le chanvre et le lin. Je reçois, pour prix de ce travail, un morceau de pain, des pommes de terre ou des châtaignes, et comme parfois les gens inhumains me retiennent ce mince salaire, je suis obligée de ménager le peu qui m'est donné pour les jours de disette.

— Mais comment passez-vous l'hiver? demanda Pierre, dont les yeux se mouillaient de larmes au récit de la bonne femme.

— Je vais recueillir sur les montagnes des herbes médicinales que je fais sécher, et que je vends aux herboristes, qui me les paient fort peu, à cause de leur abondance. Cet argent me sert à passer la mauvaise saison. En automne, je vais, avec la permission des cultivateurs, ramasser dans les champs, après la récolte, des pommes de terre, des navets, ou d'autres racines qui y ont été laissées, et j'en rapporte toujours quelques boisseaux. Je puis même dire qu'en

hiver je vis mieux qu'en été, où je ne mange, la
plupart du temps, que du pain et de la soupe
d'herbes qui me semblerait délicieuse, si je pouvais toujours y ajouter du sel; mais cet assaisonnement me manque très souvent.

Les enfants l'écoutaient avec attention, et
admiraient sa tempérance. Pierre tira de sa
bourse de cuir trois paolis, et la pria d'acheter
pour deux paolis de pain, et pour un de sel.

— Du sel, dit la vieille, je vous comprends;
mais je n'en veux pas. En disant ces mots, elle
sortit en laissant le troisième paoli sur le banc,
qui lui servait en même temps de table.

— Elle ne veut pas de notre argent, dit Pierre
quand elle fut sortie; mais je vais mettre cette
pièce de monnaie dans une fente du mur, et
elle la trouvera quand nous serons partis.

— Si elle venait à la découvrir, dit Claudine.

— Tu as raison, car elle a la vue perçante;
mais, dis-moi, où la mettrons-nous?

— Dans ce pot de terre, où elle ne la trouvera
pas sur-le-champ.

— Donnons-lui aussi le lait de Lilia, elle con-
sentira sans doute à le garder.

Claudine approuva le projet de son frère. Au
même instant, la vieille rentra avec le pain.

La ruse des enfants réussit. Au moment de leur départ, Pierre feignit de se rappeler qu'il fallait traire la chèvre, dont les mamelles étaient si pleines qu'elle pourrait à peine les suivre.

La vieille donna dans le piége innocent qui lui était tendu : le délicieux lait de Lilia lui resta.

— Je vous prie, dit Pierre en partant, de me rendre un service.

— Avec grand plaisir, mes enfants.

— Si vous voyez un de nos compatriotes, et qu'il retourne à la vallée où demeure notre bon-papa Philibert, chez la bonne Estelle, priez-le de lui présenter nos respects, et de lui dire que jusqu'à ce moment il ne nous est rien arrivé de fâcheux, et que le bon Dieu veille sur nous.

— Je lui ferai dire aussi que vous êtes des en-fants bons et pieux, et que vous marchez dans les voies du Seigneur.

Ils prirent congé de leur bonne hôtesse, non sans verser quelques larmes; car ils l'aimaient déjà. Elle les bénit, et leur recommanda de ne jamais s'écarter du sentier de la vertu.

Elle les suivit des yeux aussi longtemps qu'il lui fut possible, et quand ils eurent disparu, elle rentra dans sa chaumière, et remercia le Sei-

gueur de lui avoir envoyé des enfants si reli-
gieux et de mœurs si pures.

VII. — Les pauvres enfants font une mauvaise rencontre.

Nos deux petits voyageurs continuèrent gaî-
ment leur chemin, en s'entretenant de la bonne
vieille, et se félicitant du succès de leur inno-
cente ruse au sujet du paolo et du lait de Lilia.

Ils arrivèrent tout-à-coup dans un carrefour.
Pierre assura que la vieille leur avait dit de prendre la route de droite, Claudine soutenait le contraire. Tous deux étaient dans un grand embarras. Ils regardaient de tous côtés s'ils n'aperce-
vaient personne qui pût leur montrer le chemin ;
mais ils ne découvraient aucun être vivant aussi
loin que pût porter leur vue.

— Je crois avoir entendu qu'il nous fallait
prendre la route de droite, dit Pierre après une
longue pause : suivons cette direction, nous
finirons par rencontrer quelqu'un, et si nous
nous sommes trompés, nous n'aurons fait qu'un
peu de chemin de plus. Qu'en dis-tu, Claudine ?

— Tu es plus âgé que moi; fais ce que tu jugeras le meilleur.

— Allons, viens, Claudine, nous pourrions rester ici un jour entier sans rencontrer personne; il vaut mieux que nous cherchions à gagner quelque lieu habité.

En disant ces mots, Pierre se mit en route, et sa sœur le suivit sans proférer une seule parole.

Après avoir marché pendant une heure, ils s'aperçurent que le sentier qu'ils avaient suivi, et qui allait en montant, devenait de plus en plus rude et escarpé; ils virent devant eux une éminence couverte de bois qu'il leur fallait gravir ou tourner. Comme il était midi, et que la chaleur les accablait, un peu de repos ne pouvait que leur être agréable; aussi n'hésitèrent-ils pas à gagner le taillis.

La fraîcheur qui frappa leurs sens, en pénétrant dans ce bois silencieux, le chant joyeux des oiseaux, le parfum des fleurs qui s'élevaient au-dessus d'un épais tapis de mousse, le murmure du ruisseau qui s'échappait du sein des rochers, les plongèrent dans le ravissement · ils tombèrent sur le sol en s'écriant :

— Que ce lieu est charmant!

— Gardons-nous de nous endormir, dit Pierre
à sa sœur.

— Ne crains rien, reprit Claudine; je ne puis
me rappeler sans effroi la grotte où nous avons
été forcés de passer la nuit pour avoir dormi pendant le jour.

— Et le spectre aux yeux de feu, dit Pierre
avec malice.

— Tu m'as assez raillée de ma frayeur, répondit Claudine en souriant. Mais où est donc Lilia,
je ne la vois pas?

— Elle est éloignée pour chercher des herbes
qui flattent son goût.

— Elle pourrait bien s'égarer. Il y a déjà longtemps que je n'ai regardé si elle nous suivait
Lilia! Lilia! où es-tu?

Malgré son obéissance accoutumée, Lilia ne
paraissait point.

— Il faut qu'elle soit loin, dit Pierre, pour ne
pas répondre à ta voix. L'absence de la chèvre
commençait aussi à l'inquiéter.

— Lilia! Lilia! cria-t-il de toutes ses forces;
mais pas un bêlement ne vint l'avertir que Lilia
l'avait entendu.

— Pourvu qu'elle ne soit pas perdue, dit Claudine avec tristesse.

— Quel malheur si elle ne revenait pas, n'est-il pas vrai Pierre?

— On ne pourrait pas appeler cette perte un malheur, mais un accident très désagréable pour nous. Tranquillise-toi, elle reviendra : ces animaux ont l'odorat fin; elle saura bien retrouver nos traces.

Les enfants attendirent, mais en vain, le retour de leur chèvre. Claudine voyant que ses cris étaient inutiles, commença à pleurer amèrement sans que rien pût la consoler.'

— Sèche tes pleurs, lui dit Pierre, nous allons chercher ta chèvre.

— Oui, oui, cherchons-la, mon cher frère, dit Claudine en essuyant ses larmes.

Ils s'enfoncèrent alors dans le bois; car on ne voyait, sur le versant de la montagne qu'ils avaient gravi, aucune trace de Lilia; il fallait alors qu'elle eût pénétré plus avant dans le taillis.

La forêt devenait de plus en plus épaisse; le soleil n'y pénétrait que çà et là, et la trace de tout sentier avait disparu. Les enfants croyaient retrouver facilement le lieu où ils s'étaient reposés; mais quand, las de chercher sans succès, ils voulurent regagner leur route, ils ne surent

plus quel chemin prendre, et s'égarèrent entièrement.

Aucun d'eux n'ouvrait la bouche; seulement
ils se regardaient de temps en temps, les larmes
aux yeux. Claudine pleurait de douleur d'avoir
perdu sa chèvre et de ne plus trouver son chemin.

Dans les endroits moins touffus, l'ombre des
arbres se dessinait sur la terre en proportions
gigantesques, et annonçait que le soleil était près
de se coucher; Claudine se jeta au pied d'un pin,
et s'écria en pleurant qu'elle ne pouvait aller
plus loin.

— Pauvre Claudine! dit Pierre, qui oubliait
ses propres maux quand il voyait souffrir sa
sœur. Il s'assit près d'elle, et appuya sa tête
contre le sein de Claudine.

Ces deux pauvres enfants étaient tellement
accablés de lassitude, qu'ils oubliaient le besoin.
Ils étaient depuis quelques instants sous le pin
qui étendait sur eux ses robustes branches,
comme s'il eût voulu leur offrir pour la nuit
l'abri dont ils manquaient, lorsqu'un bruit sou-
dain vint frapper les oreilles de Claudine. Elle
leva aussitôt la tête, et écouta attentivement.

— Pierre, n'entends-tu rien? dit-elle à son frère.

— Rien du tout.

— Cependant, il me semble entendre distinctement un léger bèlement; si c'était Lilia?

— Ce serait possible; il me semble que j'entends aussi quelque chose, dit-il en se levant précipitamment malgré la fatigue qui l'accablait.

Le bèlement approchait toujours; enfin, qui pourrait décrire la joie de nos enfants, lorsqu'ils virent une chèvre blanche accourir vers eux en bondissant.

—Lilia! Lilia! s'écrièrent-ils en même temps, en tendant les bras pour l'embrasser.

— Que tu nous as causé de peine, lui dit Pierre en la caressant avec tendresse; car il était aussi joyeux de voir cesser le chagrin de sa sœur, que de retrouver sa chèvre.

Claudine était si contente de revoir sa petite Lilia, qu'elle répandait des larmes de joie, et ne pouvait se lasser de la caresser.

— Nous allons maintenant faire un bon repas, s'écria Pierre; la perte de cette pauvre Lilia nous avait fait oublier le dîner, nous pouvons maintenant souper, car il est tard. Il prit alors son écuelle, et se mit à traire Lilia, dont les mamelles étaient pleines de lait.

— Va, maintenant, mais ne t'éloigne pas, dit Pierre à la chèvre, quand il eut fini de la traire. Les petits voyageurs soupèrent avec appétit, et venaient de décider qu'ils passeraient la nuit sous le pin, quand tout-à-coup des voix humaines frappèrent leurs oreilles.

— Qu'est-ce que cela ? dit Pierre, dont le cœur battait violemment.

— Ce sont deux personnes qui s'entretiennent, répondit Claudine. Peut-être sommes-nous plus près que nous ne le croyons de quelques habitations, et nous n'aurons pas besoin de coucher dehors : je m'en réjouis d'avance.

A peine avait-elle achevé ces paroles, que des hommes d'un aspect sauvage parurent à leurs yeux. La terreur que leur inspira cette vue les empêcha de continuer leur entretien. Ces hommes portaient à la ceinture une paire de pistolets et un poignard, et avaient en outre une carabine en bandoulière. Leur teint était brûlé du soleil ; leur barbe noire, et leurs cheveux longs et hérissés, leur donnaient un air effrayant. Comme ils parlaient en italien, les enfants n'eurent pas de peine à les comprendre.

— Ludovic, dit l'un de ces hommes, nous avons manqué notre coup.

— Toi seul en es cause, Lélio, tu pensais que nous arriverions toujours assez tôt, et que l'Anglais ne se presserait pas tant; maintenant il est loin de nous. Le capitaine nous tancera vertement, et nos camarades nous railleront.

— C'est ce que nous ne souffrirons pas, dit Lélio en fronçant le sourcil. Il faut que cet Anglais ait des ailes, pour s'être échappé de la sorte. Mais que vois-je sous ce pin? dit-il en s'interrompant.

— Aperçois-tu quelque fantôme? Quel autre que nous a jamais mis le pied dans cette partie de la forêt?

— Que veux-tu dire avec tes fantômes? Je vois distinctement un garçon et une fille, près desquels est une chèvre.

— Tu as raison, dit Ludovic en apercevant les deux enfants, qui respiraient à peine, tant la terreur les avait pétrifiés.

— Que viennent-ils chercher ici? Comme ils ont entendu notre conversation, nous n'avons rien de mieux à faire que de les tuer.

— Ils sont si jeunes, reprit Lélio, ce serait du sang inutilement répandu.

— Inutilement répandu, dis-tu? S'ils sortent d'ici, ils peuvent nous trahir. Non, il faut qu'ils périssent. En disant ces mots, il coucha Pierre en joue. Le pauvre enfant était glacé d'épouvante, et tremblait comme la feuille. Malgré sa terreur, il se rappela la promesse qu'il avait faite à son grand-père de protéger Claudine, et la couvrit de son corps; car tous deux s'étaient levés avec effroi, et tendaient vers le scélérat leurs mains suppliantes.

— Ne les tue pas, dit Lélio en détournant l'arme de Ludovic, il me vient une idée : emmenons-les avec nous

— Qu'en ferons-nous, dit Ludovic, nous les nourrirons?

— Pourquoi pas? reprit Lélio; ils se contenteront de ce que nous avons, et nous rendront de petits services. En outre, le petit Anselme, le fils de notre capitaine, ne peut se consoler de la mort de son frère, ils joueront avec lui, et aideront la vieille Isabelle, qui devient chaque jour plus faible.

— Tu as raison, dit Ludovic en déposant son arme. Comment t'appelles-tu, dit-il au petit Savoyard, et comment se fait-il que tu te trouves ici?

— Je m'appelle Pierre, reprit l'enfant avec timidité, et voici ma sœur, en indiquant Claudine, qui tremblait de tous ses membres.

— Nous sommes de pauvres Savoyards, nous avons perdu nos parents, et nous allons à Paris, où notre grand-père Philibert a été dans sa jeunesse, afin de gagner son pain.

— Ah! ah! vous êtes de ces oiseaux voyageurs qui vont chaque année en France pour décrotter les souliers, ramoner les cheminées et faire les commissions, dit Ludovic en riant; puisque telle est votre destination, vous n'avez pas besoin d'aller si loin; suivez-nous.

— Pour l'amour de Dieu, mon bon monsieur, ne nous emmenez pas dans votre caverne; il y fait si noir! et puis nous ne verrions plus le soleil; nous aimons mieux rester ici.

— Sans doute, il y fait noir, dit Ludovic; mais une lampe y remplace le soleil. Allons, pas d'observations; obéis, sans quoi... Il fit mine de vouloir les coucher en joue.

— Nous vous suivons, s'écria avec effroi Claudine, qui n'avait pas dit encore un seul mot; viens, Pierre.

— Allons, je vois que tu es raisonnable, dit Lélio en souriant; quand la vieille Isabelle sera morte, tu deviendras notre ménagère ; c'est un emploi lucratif, je te l'assure.

— Et toi, Pierre, lui dit Ludovic en se tournant vers lui, tu as l'espoir de devenir un jour capitaine ; tu es à une bonne école et tu vas apprendre le meilleur métier du monde. Quant à moi, je ne changerais pas de sort avec le roi de Sardaigne. Va, tu peux remercier le ciel de ton bonheur.

— Que Dieu me préserve de ce bonheur! se dit Pierre à lui-même; mais il se garda bien de laisser entrevoir sa pensée.

Ces deux pauvres enfants, ne voyant aucun moyen de sortir des mains de leurs oppresseurs, suivirent les deux brigands, qui s'éloignèrent à pas précipités sans faire d'autre attention à eux que de se retourner de temps en temps pour voir s'ils ne tentaient pas de s'échapper.

VIII. — Les enfants dans la caverne des brigands.

Après une heure de marche, ils arrivèrent au pied d'un rocher dépouillé de verdure, dont le sommet était caché dans les nuages, et autour duquel tournait un sentier étroit et dangereux.

Nos enfants frémirent d'épouvante quand ils s'entendirent donner l'ordre de précéder leurs farouches compagnons.

— Surtout ne regardez pas dans le précipice, car la tête vous tournerait, et votre chute serait inévitable, leur dit Lélio, qui paraissait plus humain que son camarade.

— Que veut la chèvre qui suit cette petite comme un chien? demanda Ludovic.

— C'est ma petite Lilia, répondit Claudine avec timidité; elle nous a suivis depuis la chaumière de nos pauvres parents. Je l'emmènerais volontiers dans votre caverne.

— Comment la nourririons-nous? répliqua Ludovic avec dureté.

— Elle sait bien trouver sa nourriture.

— Où il y a de l'herbe; mais là nous n'en avons pas. Il faut qu'elle reste.

Cet ordre sévère arracha de nouveau des larmes à la sensible Claudine, et cette fois Lélio ne put venir à son secours; car il n'y avait aucun moyen de céder à son désir.

— Allons, marche, et pas de pleurs, dit Ludovic en donnant à Claudine un coup qui retentit jusqu'au fond de l'âme du bon Pierre.

— Allons, hâtons-nous, mes enfants, il fait

déjà sombre ; si nous tardons plus longtemps, et que la nuit nous surprenne, nous nous romprons infailliblement le cou, dit Lélio avec douceur.

Les pauvres enfants furent contraints d'obéir. Pierre s'engagea le premier dans le sentier, Claudine le suivit, après elle venait Lélio ; Ludovic fermait la marche. Que de prudence ne fallait-il pas pour conserver son équilibre sur ce sentier parfois large à peine d'un pied, et si rapide qu'on ne pouvait concevoir qu'il fût possible d'y marcher sans glisser. A droite était un rocher à pic, à gauche un abîme au fond duquel on entendait murmurer les eaux d'un torrent.

— Marche avec prudence, Claudine ; pour l'amour de Dieu, prends garde de glisser, car ta mort causerait la mienne, s'écriait de temps à autre le bon Pierre, quand ils se trouvaient dans un passage dangereux. Les deux brigands, tout occupés des dangers du chemin, suivaient les enfants en silence.

A l'extrémité du sentier se trouvait un plateau couvert de broussailles. Nos enfants s'arrêtèrent, car aucun chemin ne s'offrait à leur vue. Tous deux étaient baignés de sueur, qu'avait provoquée la crainte. Claudine essuyait avec son tablier le front de son frère.

— Vous avez chaud, n'est-il pas vrai? leur dit Lélio en arrivant près d'eux : je parie que pour tout au monde vous ne recommenceriez pas le voyage.

— Non, répondit Pierre, dont le cœur battait encore violemment.

— Le danger est passé, nous n'avons plus que quelques minutes à marcher dans l'obscurité; entrez dans ces broussailles, suivez toujours à droite, le long des rochers.

Les enfants entrèrent dans les broussailles et découvrirent bientôt l'entrée de la caverne. Au bout de quelques minutes de marche, le chemin s'élargit tout-à-coup, et ils virent à leurs pieds une brillante clarté.

— Voilà notre soleil, dit en riant Ludovic, qui n'avait pas encore parlé; vous n'en verrez plus d'autre.

— Mais comment descendre? demanda Pierre en tremblant; car la caverne était à plus de quarante pieds de profondeur au-dessous d'eux, et il ne voyait aucun chemin qui y conduisit.

— Cela nous regarde, mon garçon, répondit Ludovic; prenez à gauche, et ne glissez pas. Voilà le vrai chemin; mais il n'est connu que des élus.

Il leur montra le trou qui y conduisait; mais il était si étroit qu'on était obligé de marcher à quatre pattes, et il s'y engagea le premier en se jetant à plat ventre; les enfants le suivirent, et Lélio y entra le dernier.

— Vous voilà sûrement avec un riche butin, dit une voix rauque aux arrivants lorsqu'ils furent dans la caverne. Mais qu'est-ce que vous m'amenez là? ajouta-t-il en montrant Pierre et Claudine.

— Capitaine Giacomo, répondit Lélio, ce sont deux pauvres Savoyards que nous avons amenés pour jouer avec votre fils Anselme; n'avons-nous pas eu raison?

— Ce n'est pas mal pensé, répliqua le capitaine; le jeune drôle ne sera pas fâché de les voir. Mais qu'est devenu le voyageur anglais? Son or est-il à nous, ou bien vous a-t-il échappé?

— Nous avons été malheureux, répondit Lélio; nous n'avons pu le rejoindre.

— Faute de prévoyance, s'écria le capitaine avec humeur.

— Vous pouvez penser que ce n'est pas de ma faute, répondit Ludovic en jetant sur son camarade un regard d'improbation; je voulais que nous nous rendissions sur-le-champ à l'endroit où nous devions attendre le voyageur; mais Lélio

m'ayant dit qu'il savait mieux que moi quand il
devait passer, nous nous arrêtâmes dans le caba-
ret du Tilleul, et lorsque nous nous apprêtâmes
à partir, nous apprîmes, par un berger, que
l'Anglais avait passé le défilé, il y avait plus
d'une heure, avec ses six bonnes mules, et qu'il
ne fallait plus penser à le rejoindre.

— Si tu ne m'avais pas sauvé la vie, ce coup
de maladresse te coûterait cher. Ce voyageur
était une riche proie, et d'autant plus facile qu'il
n'était accompagné que de deux domestiques et
du conducteur.

— On ne réussit pas toujours, répondit Lélio;
ce malheur sera réparé une autre fois.

— Ce qui est perdu est bien perdu, murmura
Ludovic.

Le capitaine, qui aimait Lélio, ne répondit rien.

Les enfants, à qui on n'avait fait aucune attention pendant cet entretien, profitèrent de cet
instant de répit pour examiner la caverne. Elle
était spacieuse et percée d'une multitude de ga-
leries latérales, d'une obscurité effrayante. Dans
un de ces coins se trouvait la cuisine, si l'on peut
donner ce nom à un lieu jonché de vases de terre,
et au centre duquel brûlait un monceau de bois.
Près de ce feu était une vieille femme courbée

par l'âge, et d'un extérieur repoussant, qui entretenait le feu, faisait la cuisine et causait de temps en temps avec un petit garçon de huit ans assis près d'elle, et qui ne paraissait faire aucune attention à ce qui se passait autour de lui. Dans une autre partie de la caverne se trouvaient plusieurs hommes de différents âges, d'un aspect sauvage, qui nettoyaient leurs armes et s'entretenaient joyeusement. Un jeune homme d'une vingtaine d'années fondait des balles de plomb au foyer de la vieille. Au milieu de la caverne, à l'endroit où pendait la lampe, étaient étendus quatre hommes qui jouaient au cassino (jeu de cartes en usage en Italie), et se disputaient constamment; la dispute devint même si violente, que chacun d'eux tira son poignard; et il ne fallut rien moins que l'intervention du capitaine pour empêcher l'effusion du sang.

— Je vous interdirai le jeu si vous vous disputez de la sorte, leur dit le capitaine avec colère; récemment encore deux d'entre vous ont été grièvement blessés, et n'ont pu quitter la caverne de plusieurs semaines. Celui qui a envie de se faire tuer n'a qu'à aller sur le grand chemin, où il y a toujours pour nous quelque chose à *****guer, sans s'en prendre à ses camarades.

4

— A-t-il donc le droit de nous défendre quelque chose? dit à demi-voix un des joueurs déjà sur l'âge, dont l'air portait l'empreinte de la férocité.

— Que dis-tu, Alberto? s'écria le capitaine en portant la main sur un de ses pistolets. Répète ce que tu viens de dire, et je te ferai voir que ton crâne n'est pas d'acier, et peut être brisé par une balle.

Alberto se tut : son visage se couvrit de pâleur; ce qui fit ressortir plus encore la laideur de ses traits. Le capitaine se tourna alors vers les enfants, qui attendaient avec effroi la fin de cette scène.

— Ah! vous voilà, leur dit-il, je vous avais déjà oubliés. Mon fils Anselme va devenir votre compagnon, allez vers lui, et ayez soin de mériter ses bonnes grâces ; car s'il se plaint jamais de vous, vous vous en repentirez. Vous lui céderez en tout; je veux qu'il reprenne la gaîté qu'il a perdue depuis la mort de sa mère et de son frère. Vous rendrez aussi à Isabelle les services qu'elle réclamera de vous. Je vous le répète, ayez soin que personne n'ait à se plaindre de vous.

— Nous nous efforcerons de faire notre devoir, répondit Pierre avec timidité.

— Alors on ne vous dira rien. Mais qu'est-ce que c'est que cela? dit-il en voyant une ombre blanchâtre paraître à l'entrée de la caverne.

— C'est ma petite Lilia! dit Claudine en apervant sa chèvre; car c'était elle qui s'était avec peine introduite dans la caverne.

— C'est une chèvre, dit le capitaine en riant; mais comment est-elle venue ici?

— Elle nous a suivis partout, répondit Claudine, qui avait recouvré la parole.

— Elle nous fournira un bon rôti, dit le capitaine; qu'on s'empare d'elle, et qu'on la tue

— Je vous en supplie, s'écria Claudine, qu'on ne fasse pas de mal à ma petite Lilia, ce serait ma mort.

— Qu'est-ce que cela nous fait, petite sotte, dit le capitaine avec un rire sauvage; que veux-tu que nous fassions de ta chèvre?

Anselme, qui jusqu'alors n'avait pas quitté le foyer, se leva quand il aperçut la chèvre.

— Papa, dit-il au capitaine, est-ce un chien comme notre Bello qui a été tué là-haut! Mais qu'est-ce donc qu'il a sur la tête? en montrant les cornes de la chèvre.

— Ce n'est pas un chien, lui répondit son père, mais un autre animal qu'on appelle une chèvre. Ce qu'elle a sur la tête s'appelle des cornes; elle s'en sert pour frapper.

— Quoi! elle s'en servira pour me blesser, s'écria l'enfant en reculant avec effroi.

— Oui, si tu la tourmentes.

— Papa, elle me fait peur, cette vilaine bête.

— C'est pourquoi nous allons la tuer, mon fils.

— Non non, elle ne te fera pas de mal, la bonne Lilia, dit Claudine, qui tremblait pour sa chèvre. Vois, Anselme, comme elle se laisse caresser.

En disant ces mots elle flatta doucement la chèvre, qui se mit à lui lécher les mains.

— Papa, elle lèche comme Bello, je veux la garder, je ne veux pas qu'on la tue, dit Anselme, qui s'était hardiment approché de la chèvre, et passait la main sur son poil rude.

— Je voudrais pouvoir te satisfaire, répondit le capitaine; mais comment la nourrir? Elle ne mange que de l'herbe, et il n'en croît pas ici.

— Je lui donnerai du pain et de la viande, comme à Bello, reprit l'enfant.

— Cela n'est pas possible, mon fils.

— Il n'est pas besoin de s'inquiéter de la nour-

riture de Lilia, dit Pierre, elle saura bien la
trouver.

— Où? reprit le capitaine. Crois-tu que nous
irons lui chercher de l'herbe?

— Je n'entends pas cela, monsieur le capitaine, mais je pense que puisque Lilia nous a
suivis ici, elle ira bien à l'entrée de la caverne
pour chercher sa nourriture.

— Oui, oui, dit Claudine, elle saura bien la
trouver, et il n'y a pas de danger qu'elle s'égare.

— Cette chèvre-là doit être à moi, et m'aimer
tout seul, s'écria Anselme d'un air impératif.

— Elle t'aimera aussi, si tu ne lui fais pas de
mal, lui dit Claudine.

— Je veux qu'elle soit à moi, et plus à toi, reprit Anselme.

— J'y consens, dit Claudine en caressant Lilia,
pourvu qu'on ne la tue pas.

— Je ne veux pas que tu la caresses, s'écria
Anselme en lui donnant un coup sur la main.

— Tu me laisseras au moins la regarder à mon
aise.

— Oh! pour cela, tant que tu voudras, répliqua
l'enfant.

La pauvre Claudine se contenta de regarder sa

chèvre; heureuse encore de ce que le capitaine
n'accomplissait pas sa menace.

IX. — Les enfants font connaissance avec Anselme
et Isabelle.

— Qu'est-ce qu'il y a là-dedans? demanda Anselme à Pierre en lui montrant sa mallette, lorsqu'il fut las de caresser Lilia.

— C'est une malle, répondit Pierre.

— Montre-moi ce qu'il y a dedans. Pierre
l'ouvrit, et Anselme y prit tout ce qui lui plut;
car il n'avait aucune idée du droit de propriété.

Malgré la douleur qu'éprouvait Pierre, de se
voir dépouillé de toutes les choses pour l'acqui-
sition desquelles son grand-père avait sacrifié le
peu qui lui restait, il ne s'y opposa point, bien
convaincu de l'inutilité de sa résistance; mais il
prit la résolution de travailler à l'amélioration
d'Anselme, une fois qu'il aurait gagné sa confiance.

Anselme, qui n'avait jamais quitté la caverne
et n'avait aucune idée de ce qui se trouvait à la
surface de la terre, était dans le plus profond
état d'ignorance; en revanche, il était dévoré du

désir de s'instruire ; c'est pourquoi il accablait de
questions Pierre et Claudine (dont il avait pris
le panier), sur le nom et l'usage des choses qu'il
voyait pour la première fois.

Pierre lui répondait avec une douceur et une patience inépuisables, c'est pourquoi Anselmo le prit
bientôt en amitié. Il leur dit un jour qu'il les aimait
tout autant qu'il avait aimé son frère Odoardo,
mais qu'il fallait qu'ils fissent toujours sa volonté,
sans quoi il les battrait, les mordrait et les égra-
tignerait comme faisait Bello.

— Mais tu n'es pas un chien, lui répondit
Pierre avec bonté, tu es un homme, et les hommes ne mordent pas.

— Et pourquoi pas? répliqua le petit Anselmo
avec étonnement; quand je saurai, comme papa,
me servir d'un sabre, d'un pistolet et d'un poignard, je tuerai ceux qui ne feront pas ce que je
veux; mais comme je suis trop petit pour cela,
je me contente de mordre et d'égratigner.

— C'est mal pensé, Anselmo, lui dit Pierre;
pourquoi veux-tu forcer tout le monde à t'obéir,
et tuer ceux qui ne font pas ta volonté? N'as-tu
donc jamais entendu dire que c'est un grand péché de faire du mal à quelqu'un?

— Non, jamais; mais je ne sais pas ce que c'est qu'un péché.

— Voudrais-tu que je te tuasse? lui demanda Pierre.

— Non pas; mais si tu avais le malheur de me faire le moindre mal, papa t'en punirait.

— C'est ainsi que le bon Dieu punit ceux qui font du mal aux hommes; et ceux qui agissent de la sorte commettent un péché.

— Qu'est-ce que c'est que le bon Dieu? je ne l'ai jamais vu.

— Tu ne peux pas le voir, parce que c'est un esprit.

— Un esprit! s'écria l'enfant avec effroi, un esprit! j'ai bien peur des esprits.

— En as-tu déjà vu?

— Jamais; mais Isabelle m'en a parlé et m'a dit que si je n'étais pas sage, ils m'emporteraient et me mangeraient.

— L'esprit qui nous voit sans que nous le voyions, qui nous récompense de nos bonnes actions, s'appelle Dieu. Ce n'est pas un méchant esprit; bien au contraire, il aime tous les hommes et leur donne ce qui peut leur être agréable.

— C'est donc lui qui m'a donné Lilia, que j'aime tant! dit Anselme.

— Oui, c'est lui qui t'a donné tout ce que tu possèdes.

— Je voudrais bien le connaître.

— Je t'en parlerai plus longuement si cela t'intéresse.

— Oh! oui, mon cher Pierre, car je crois que tu t'appelles ainsi?

— Je m'appelle Pierre, et ma sœur Claudine.

— Ce sont de jolis noms, mais Lilia aussi est un joli nom. Est-ce qu'elle peut parler comme nous?

— Non, mon cher Anselme, les animaux ne parlent pas. Bello ne parlait pas.

— Il ne répondait jamais que oua! oua! quand je lui parlais.

— Lilia n'aboie pas, dit alors Claudine. Dis-moi, Anselme, veux-tu que je la caresse?

— Je le veux bien, mais ne lui fais pas de mal.

— Ne crains rien, je l'aime trop pour cela.

— Mais, dit tout-à-coup Pierre, il faut traire Lilia.

— Traire, qu'est-ce que cela?

— Tu n'as donc jamais bu de lait?

— Non, je n'ai jamais bu que de l'eau, quelquefois du vin que nos gens apportaient; mais quoique je le trouvasse bon, il me rendait toujours malade.

— Le lait est bien meilleur que le vin, et ne rend pas malade.

— Alors, donne-moi du lait.

— Il faut auparavant que tu me rendes mon écuelle.

— Tiens, la voilà, mais surtout donne-moi du lait. Que fais-tu à la pauvre Lilia? tu lui fais mal.

— Nullement, tu vois qu'elle ne se plaint pas; au contraire, elle se trouve soulagée.

Quand Pierre eut fini de traire la chèvre, il fit goûter le lait à Anselme, qui le trouva excellent.

— Maintenant, dit-il, j'aime encore plus Lilia, puisqu'elle donne de si bon lait.

— Dieu aime aussi plus tendrement ceux qui font du bien, dit Pierre, qui saisissait toutes les occasions d'instruire Anselme.

— Je commence à te comprendre; mais comment Dieu peut-il nous voir, au fond de cette caverne?

— Dieu voit tout ce qui se passe sur la terre.

— Je ne te comprends plus.

Claudine, qui mourait de soif, demanda un peu de lait. Anselme consentit à ce qu'on lui en donnât; mais à l'instant où elle portait l'écuelle à sa bouche, elle se sentit frappée par derrière d'un coup violent qui fit voler le vase de sa main.

Les trois enfants se retournèrent avec étonnement, et virent la vieille Isabelle qui menaçait Claudine.

— Voyez cette petite créature, s'écria-t-elle avec colère, elle boit le lait dont je me réjouissais de goûter. En disant ces mots, elle voulut se jeter de nouveau sur la pauvre Claudine; mais Anselme, prompt comme l'éclair, s'élança sur son dos et lui saisit les cheveux à poigne-mains en lui disant :

— Ose frapper Claudine, et tu vas me le payer.

— Anselme, mon petit Anselme, lâche-moi! criait la vieille d'une voix lamentable.

— Pas avant que tu ne m'aies promis de ne jamais faire de mal à Claudine.

— Je te le promets, je te le promets, s'écria-t-elle. Personne ne viendra-t-il donc à mon secours? dit Isabelle en s'adressant aux brigands, qui riaient à gorge déployée en voyant son embarras.

Après avoir donné à plusieurs reprises à Anselme l'assurance que jamais elle ne frapperait

Claudine, celui-ci descendit d'un air triomphant du dos de la vieille.

— Tu vois, lui dit-il, ce qui t'arrivera quand tu me mettras en colère.

— Que t'ai-je fait, Anselme, pour me maltraiter de la sorte, je n'aurais jamais pensé que tu pusses devenir zélé défenseur de ces petits étrangers ; car quoique je sois avec toi depuis ton enfance, tu me verrais battre sans prendre mon parti.

— Ma foi non, lui répondit l'enfant avec naïveté.

— Fi! le malhonnête, s'écria la vieille femme avec indignation. Dis-moi ce que je t'ai fait, méchant garçon.

— Tu m'as toujours effrayé en me parlant des fantômes et des méchants esprits qui habitent notre caverne ; mais jamais tu ne m'as dit un mot du bon esprit, que Pierre appelle le bon Dieu, et qui est celui qui m'a donné ma petite Lilia.

— Ce sont des niaiseries, dit Isabelle en regardant avec courroux les deux enfants, qu'elle haïssait encore plus depuis cette dernière scène, quoiqu'ils en fussent les innocents auteurs.

— Allons, allons, calmez-vous, s'écria le capitaine, à quoi bon vous disputer.

Comme mille objets nouveaux captivaient l'attention d'Anselme, il avait déjà oublié sa colère. Tantôt il jouait avec Lilia, dont les bonds le divertissaient beaucoup; tantôt il conduisait Pierre et Claudine vers les nombreuses choses dont il s'était emparé, et leur en demandait l'usage.

Le plaisir que lui causait la présence de ses petits compagnons fut doublé par la découverte qu'il fit d'une flûte, au milieu des objets apportés par Pierre. Celui-ci prit l'instrument, et lui joua l'air des montagnes, que lui avait appris son infortuné père dans ses heures de loisir.

Anselme, qui n'avait jamais entendu de musique, prêtait l'oreille avec une attention que rien ne pouvait distraire, et témoignait le plus vif étonnement. Quand Pierre eut déposé sa flûte, Anselme s'en empara et l'examina de tous les côtés pour chercher à en découvrir le mécanisme; mais il fut surpris quand il vit qu'elle était creuse. Il essaya de s'en servir, mais n'en tira qu'avec peine des sons si discordants que lui-même en fut effrayé.

— Pourquoi ne puis-je faire comme toi, Pierre? dit Anselme avec confusion. Cependant je fais tout ce que je puis pour t'imiter.

— Parce que personne ne te l'a appris.

— Puis-je donc l'apprendre aussi ?

— Sans doute, pourvu que tu veuilles t'en donner la peine.

— Ne crains rien, mon petit Pierre, je ferai tout ce que je pourrai pour apprendre à jouer de la flûte aussi bien que toi.

Anselme, malgré son ignorance, était doué d'une imagination vive et d'une heureuse intelligence ; en revanche, Pierre était le maître le plus patient du monde. Il ne se lassa pas de lui faire répéter le même air jusqu'à ce qu'il le sût parfaitement.

Quand Anselme put se passer des conseils de Pierre, sa joie fut inexprimable, et il lui en témoigna sa reconnaissance par mille caresses.

Tandis que Pierre instruisait Anselme, Claudine recevait des leçons de la vieille Isabelle, qu'elle soulageait dans ses travaux. Mais la pauvre enfant était tombée entre les mains d'une méchante femme, qui ne pouvait lui pardonner sa scène avec Anselme. Chaque fois qu'elle savait ne pas être vue du terrible Anselme, elle maltraitait impitoyablement la pauvre Claudine, qui n'osait se plaindre ; mais quand il était là, elle savait se contenir. Jamais Claudine n'était plus heureuse que quand Pierre et Anselme étaient près de la cuisine; aussi Pierre, à qui elle avait raconté les mauvais traitements qu'elle endurait de la part de cette méchante femme, avait-il soin d'attirer Anselme de ce côté.

Les autres habitants de la caverne, si l'on en excepte Lélio, qui, dès le principe, s'était intéressé à nos enfants, ne faisaient aucune attention à eux. Il se passait des semaines entières sans que l'un ou l'autre d'eux leur adressât la parole. Le capitaine, qui aimait tendrement son fils, était satisfait de l'avoir vu reprendre sa gaîté; mais il ne songeait nullement à cultiver son esprit.

Il était la plupart du temps absent de la caverne, et errait sur les grands chemins avec une partie de sa bande pour attaquer et dévaliser les voyageurs, qu'ils égorgeaient impitoyablement quand ceux-ci voulaient se défendre; car ces misérables ne se faisaient aucun scrupule de verser le sang de leurs semblables.

Quelle douleur n'éprouvaient pas Pierre et Claudine, quand ils entendaient les brigands, au retour de leurs sanglantes expéditions, raconter avec orgueil leurs infâmes exploits. Cette odieuse société leur faisait regretter plus vivement encore leur séjour dans cette caverne, où ils étaient

privés de la vue des beautés de la nature, et de
cette liberté qui rend le mendiant aussi fortuné
que le plus puissant monarque.

X. — Les enfants entreprennent l'éducation d'Anselme.

Anselme ne pouvait se lasser d'entendre les
enfants lui raconter des choses si nouvelles pour
lui; et comme il ignorait tout, il ne cessait de
les accabler de questions.

Il vit un jour Pierre lire un livre, seul débris
de ce qu'il possédait, et qu'il n'avait pu sauver
qu'en le gardant dans sa poche. C'était un petit
livre de prières dont son grand-père Philibert
lui avait fait présent, en lui recommandant de le
lire souvent.

— Que fais-tu là ? lui demanda Anselme.

— Je lis.

— Qu'est-ce que cela ? Je ne te comprends pas.

— N'as-tu donc jamais vu ou entendu personne
lire ?

— Non, jamais.

— Eh bien ! je vais te lire quelque chose; mais
écoute attentivement.

— Commence, je t'écoute, répondit Anselme en s'asseyant près de lui.

Pierre lui lut quelques passages de son livre, et choisit des hymnes qui plurent beaucoup à Anselme.

— C'est ton livre qui te dit cela? demanda Anselme avec étonnement, en montrant le livre que Pierre tenait dans ses mains.

— Oui, mon cher Anselme.

— Donne, je veux voir aussi ce qu'il me dira. En disant ces mots, il prit le livre de Pierre. Il le considéra pendant quelque temps avec attention; puis il secoua la tête et dit :

— Ton livre ne me dit rien; j'y vois de petits points noirs sur du papier blanc, mais voilà tout.

— Cela vient de ce que tu ne sais pas lire.

— Puis-je apprendre à lire aussi bien qu'à jouer de la flûte?

— Pourquoi pas, si tu en as le courage.

— Oui, oui, j'y apporterai tout mon soin.

.— Eh bien! commençons. Vois ce signe, on l'appelle lettre. Cette lettre est un *a*. Cherche-moi un autre *a* dans ce livre.

Anselme, après avoir regardé attentivement cet *a*, s'écria avec joie : En voici un *a*, puis en-

core un, puis un autre, puis un autre. N'est-ce
pas que j'ai trouvé beaucoup d'*a*?

— C'est bien, mon cher Anselme; si tu conti-
nues de la sorte, tu feras de rapides progrès.
Pierre, satisfait de l'application de son jeune
élève qui, comme nous l'avons dit, était doué
d'une heureuse intelligence, continua ses leçons
avec un zèle qui ne resta pas sans succès. Anselme voulait sans cesse lire, et quand Pierre,
qui aidait parfois aux brigands à nettoyer leurs
armes, était occupé ailleurs, il fallait que Claudine le remplaçât près d'Anselme. Quoiqu'elle
fût moins habile que son frère, elle apportait tant
de soins à l'instruction d'Anselme, que les progrès de ce dernier ne se ralentissaient pas.

A peine un mois s'était-il écoulé, qu'Anselme
commençait à lire couramment, et au bout de
deux mois il lut parfaitement le livre de Pierre.
Rien n'égalait sa joie et sa reconnaissance envers
ceux qui s'étaient donné la peine de le tirer de
son ignorance.

Le capitaine Giacomo lui-même, quoique n'attachant aucun prix à l'instruction de son fils,
parut très satisfait de ce qu'il savait lire, et lui
promit de lui rapporter, à la première expédition,
un livre orné de jolies gravures.

— Monsieur le capitaine, dit Pierre, qui était présent lorsque le père d'Anselme lui fit cette promesse, ne conviendrait-il pas maintenant qu'Anselme apprît à écrire?

— A quoi bon? demanda le capitaine d'un air ironique. Ce talent ne convient qu'à ceux qui manquent de courage et ne sont propres à rien autre chose. Quant à Anselme, il suffit qu'il sache se servir avec adresse d'une arme à feu, d'un sabre ou d'un poignard.

En entendant ces paroles barbares, Pierre soupira; mais il n'osa rien répliquer dans la crainte d'éprouver les effets de la brutalité du brigand. A sa grande satisfaction, Anselme déclara hautement qu'il voulait apprendre tout ce qui pouvait être appris, parce qu'il était las de rester dans l'ignorance.

— Je vois, lui répondit son père avec humeur, que tu serais bon à passer ta vie dans les écoles; mais si je savais que cela pût te rendre lâche et timide, j'aimerais mieux te tordre le cou. Ecoute, Anselme, tu as à soutenir un nom célèbre; je suis redouté à vingt lieues à la ronde; le roi de Sardaigne offre deux mille écus de ma tête, tandis qu'on ne donnerait pas cent paoli d'une tête vul-

gaire. Songe, mon fils, à ne pas déshonorer le
nom de Giacomo.

— Jamais! s'écria Anselme; quand je serai
assez grand pour porter les armes, mon nom
sera aussi redouté que le tien, et le roi offrira
quatre mille écus de ma tête.

— C'est bien, mon fils, répondit le brigand
avec un sourire de satisfaction, je vois que tu
marcheras sur mes traces.

— Mais cela n'empêchera pas que j'apprenne
à écrire, dit Anselme d'un air résolu.

— Quoi! reprit Giacomo, tu persistes dans ce
dessein? Cela ne te servira de rien. Quant à la
lecture, c'est autre chose : elle sert à lire les
affiches publiques, et prévient les malheurs qui
nous menacent; le reste ne mérite pas qu'on y
fasse attention. Quand j'étais jeune, on m'envoyait
à l'école pour apprendre à lire et à écrire; mais
jamais on ne put, malgré les punitions les plus
sévères, me forcer à rester cloué sur un banc.
J'aimais mieux aller, la carabine à la main, atteindre le chamois sur la cime des rochers, ou
l'oiseau qui planait dans les airs. J'étais déjà redouté de mes connaissances; car je ne me faisais
pas scrupule de rouer de coups ou de frapper de
mon stylet ceux qui avaient excité ma colère.

C'est ainsi que je me préparai au métier que je fais aujourd'hui. Après avoir tué Henrico, le fils de mon oncle, avec qui j'avais eu une violente dispute, je fus obligé de fuir dans les montagnes pour échapper aux poursuites des soldats envoyés pour s'emparer de moi. Comme ma réputation était parvenue jusqu'ici, je fus bien accueilli par les braves qui habitaient ces lieux, et lorsque l'ancien capitaine de cette troupe eut été pendu à Turin, on me choisit pour le remplacer. J'ai rempli ces fonctions avec honneur sans avoir su écrire une ligne. Ce que je viens de te raconter suffit pour te prouver l'inutilité de ce talent, qui ne sert absolument à rien.

Anselme, accoutumé à ce langage, et qui ne désirait rien tant que de devenir aussi célèbre que son père, l'écoutait avec joie. Les discours du brigand produisaient une impression bien différente sur Pierre, qui ne put qu'avec peine dissimuler l'horreur que lui causaient ces affreuses leçons.

— Et toi aussi, Pierre, dit le capitaine en se tournant vers le jeune Savoyard, j'espère que tu deviendras un bandit déterminé. Si tu ne fais aucun progrès dans le métier, ce ne sera pas de

notre faute; car tu peux te vanter d'être tombé
dans la meilleure école du monde.

— Moi ! jamais, jamais ! s'écria Pierre avec
horreur.

— Que dis-tu ? répliqua le capitaine en fronçant
le sourcil; dédaignerais-tu notre état ? Je t'apprendrai à faire le difficile.

Anselmo, qui connaissait son père, remarquant
que l'exclamation involontaire de Pierre avait
excité sa colère, commença à trembler pour son
ami; et sachant qu'il obtenait plus par la fermeté que par les prières, il se mit devant Pierre,
et dit au capitaine d'un ton résolu :

— J'espère que tu ne lui feras rien; car tu
sais que je l'aime.

— Qu'est-ce que cela me fait ? reprit Giacomo,
qui s'était déjà adouci.

— Je ne sais pas ce que cela peut te faire;
mais il m'importe beaucoup que tu ne lui fasses
pas de mal. Je ne le veux pas.

— Oh! le petit démon, dit le capitaine en souriant. En disant ces mots, il leur tourna le dos et
s'éloigna.

— Aie soin de ne plus l'irriter, dit Anselmo à
Pierre, quand Giacomo fut loin d'eux. Tu ne sais
pas combien il est terrible quand il est en colère.

Il a tué, il y a peu de temps, d'un coup de pistolet, un de nos gens qui avait osé le contredire.
Tu vois qu'il est dangereux de s'opposer à sa volonté. Songe que rien ne m'affligerait plus profondément que de te voir périr de ses mains.

— Mon cher Anselme, je te remercie de l'intérêt
que tu me portes, mais écoute-moi, renonce
à l'idée d'embrasser cet affreux métier. Deviens
plutôt un honnête homme, et gagne honorablement ta vie.

— Il faut cependant que je devienne brigand,
répondit gravement Anselme; papa le veut, et
dit que c'est un métier très lucratif, et dans lequel on vit librement.

— Lucratif parfois, répondit Pierre; mais souvent un brigand n'a pas de quoi apaiser sa faim,
et il est obligé d'exposer sa vie pour satisfaire à
ses moindres besoins.

— C'est ce que je ne savais pas, répondit Anselme, que les paroles de Pierre avaient rendu
pensif.

— Le roi a des gens que l'on appelle des soldats; ils sont armés de pied en cap, et lorsqu'ils
rencontrent un brigand, ils l'arrêtent et le tuent.
Le roi les récompense pour cela.

— C'est bien mal à eux, s'écria Anselme; mais

pourquoi lo roi fait-il arrêter les brigands par ses soldats?

— Je vais te le faire comprendre. Les brigands s'emparent de la propriété d'autrui, et comme le roi doit veiller au bien de ses sujets, il s'oppose à ce qu'on leur arrache ce qui leur appartient. Supposons que je te prenne ta veste à boutons d'argent, et cela parce que je suis plus fort que toi, que dirais-tu? Cela te plairait-il?

— Nullement, mais il faudrait que je le souffrisse, parce que je suis moins fort que toi; mais comme papa est plus fort que toi, il te tuerait pour m'avoir pris ma veste.

— Eh bien! mon cher Anselmo, il en est de même du roi avec ses soldats; il est plus fort que les brigands, c'est pourquoi tôt ou tard il les fait arrêter et punir.

— Je te comprends parfaitement, et je vois que le métier de voleur a des dangers. Mais de quoi vit-on donc sur la terre, si l'on ne prend rien à personne?

— Chacun y vit de son travail et de son industrie.

— Je ne sais pas ce que tu veux me dire.

— Je vais tâcher de m'expliquer d'une manière plus intelligible. La terre est couverte de verdure la plus grande partie de l'année; les arbres produisent des fruits délicieux; le soleil qui brille au ciel échauffe et éclaire la terre.

— Le soleil! j'en ai entendu parler plus d'une fois, c'est à peu près comme notre lampe?

— Le soleil est mille fois plus grand et plus beau. C'est à lui que la terre doit sa fertilité, et les hommes leur nourriture.

— Le soleil brûle donc toujours?

— Grand-papa m'a dit plus d'une fois que le soleil ne s'éloignait jamais, mais on ne le voit pas toujours. Pendant la nuit le soleil disparaît, et alors il fait sombre comme dans les coins de la caverne; mais le matin il se lève et le jour reparaît.

— Qui le rapporte chaque matin?

— Le bon Dieu, qui aime si tendrement les hommes; je te l'ai déjà dit.

— Tu as raison, mais tu m'as promis de me dire de quoi vivent les gens qui ne volent point.

— Je vais m'efforcer de satisfaire ta curiosité. Il y a des hommes que l'on nomme des laboureurs; ils sèment dans la terre le grain dont on fait le pain, et la chaleur du soleil le fait croître et produire bien au-delà de ce qui a été semé; voilà de quoi vivent ces gens-là. D'autres élèvent des bœufs, des vaches, des chèvres ou des moutons, dont la chair sert de nourriture à l'homme; d'autres préparent le pain ou recueillent les fruits; enfin, chacun vit de son industrie; et le roi est chargé de protéger les gens laborieux contre ceux qui, comme les brigands, veulent vivre sans travailler.

—· Ils feraient mieux de travailler, dit Anselme, qui avait écouté Pierre avec attention.

— Oui, mon cher Anselme; s'ils travaillaient comme les autres hommes, on ne chercherait pas à les tuer.

— Tu as raison, je dirai à papa que j'aime mieux travailler que de devenir voleur.

—Garde-t'en bien, mon cher Anselme, car il me tuerait.

— Si cela lui arrivait, je lui en voudrais toujours.

— Tes regrets ne me rendraient pas la vie.

— C'est vrai; car Félicio, que papa a tué dernièrement, n'est point revenu, quoique je l'aie bien pleuré.

— Ne lui dis pas un mot de ce que je viens de te raconter, ce sera le meilleur parti.

— J'aurais cependant bien voulu lui dire de

quitter le vilain métier de voleur, et de cultiver
plutôt la terre.

— Cela serait inutile; quand on veut changer
de vie, il faut commencer jeune; on ne peut rien
attendre des gens qui ont atteint un certain âge.

— Mais suis-je assez jeune pour me corriger?

— Certainement, si tu en as la ferme résolution. Mais il faut pour cela que tu ne dises rien
des conseils que je te donne, sans quoi tu cause-
rais ma perte.

— Ne crains rien, je ne répéterai pas un mot
de tout ce que tu m'auras dit. Raconte-moi seulement tout ce que tu as vu sur la terre; car cela
me plaît mieux que les contes de revenants de la
vieille Isabelle.

— Je m'empresserai de satisfaire ta curiosité.
Claudine pourra à son tour te raconter beaucoup
de choses. Nous n'avons rien à craindre de son
indiscrétion, car elle sait que notre mort en serait
le prix.

XI. — Triste fin de la vieille Isabelle.

Isabelle ne se lassait pas de maltraiter les
deux enfants, quoiqu'ils missent tous leurs soins

à prévenir ses désirs. Claudine avait acquis une
telle habileté dans les soins du ménage, que la
vieille avait à peine moitié autant de fatigue
qu'avant son arrivée, mais cette femme impi-
toyable agissait toujours envers elle avec la
même aigreur. Comme elle redoutait la colère
d'Anselme, elle ne les maltraitait pas ouverte-
ment, mais secrètement, en les menaçant de plus
de rigueur s'ils se plaignaient à leur petit protecteur. Les deux infortunés craignaient de re-
doubler le courroux de la vieille, et souffraient
sans oser se plaindre.

Comme personne ne veillait à ce que rien ne
leur manquât, ils étaient fort mal nourris; à
peine avaient-ils de quoi satisfaire leurs besoins.
Ils eussent encore plus souffert si leur ami Anselme ne leur avait de temps à autre apporté
quelque chose. Chaque fois qu'il leur donnait un
morceau friand ou une tasse de lait, la vieille les
regardait avec dépit et ne pouvait dissimuler la
haine qu'elle leur portait.

C'est ainsi que Pierre et Claudine passaient
leurs jours dans la caverne des brigands, et sans
leur ferme confiance en Dieu, unique soutien des
malheureux, ils auraient succombé à leur désespoir. Leur seule joie était de s'entretenir de leur

bonheur passé et de l'espoir de sortir un jour de l'affreuse demeure où ils avaient été plongés malgré eux.

Souvent ils racontaient leurs aventures à Anselme, qui ne pouvait se lasser de les entendre et les accablait sans cesse de questions. Il y avait beaucoup de choses qu'il ne pouvait concevoir; mais au moyen des gravures contenues dans les livres que son père lui avait achetés, il avait acquis une idée assez exacte des productions de la nature.

Depuis qu'Anselme connaissait toutes ces choses, il demandait sans cesse à son père de l'emmener dans ses courses pour qu'il vît le monde de là-haut; c'est ainsi qu'il s'exprimait.

Le capitaine Giacomo avait deux raisons pour ne pas souscrire à sa demande : d'abord, il ne voulait pas exposer à des dangers sans nombre le seul être qui lui fût cher; ensuite, il craignait que son fils ne pût plus supporter le séjour de la caverne après avoir vu les merveilles de la nature. Il avait déjà été assez puni de cette condescendance; car il avait vu périr à ses côtés Odoardo, son fils aîné, tué par un voyageur que l'on voulait dépouiller. C'est pourquoi il était inexorable et renvoyait Anselme à l'époque où il serait assez grand pour prendre part à leurs courses.

L'opiniâtre Anselme n'avait pas, malgré les défenses réitérées de son père, renoncé au projet d'apprendre à écrire; et quand il eut épuisé tous les moyens d'obtenir de lui les choses nécessaires pour cela, il pria Pierre de tâcher d'y suppléer.

Pierre eut bientôt trouvé le moyen de satisfaire au désir d'Anselme; il recueillit la suie qui couvrait les pierres formant l'âtre de la cuisine, la délaya avec de l'eau mêlée de sucre, et obtint une encre sinon belle et brillante, du moins assez noire pour qu'on pût s'en servir. Il tailla en forme de plume le manche d'une brosse à dents qui se trouva faire partie des marchandises qu'il avait apportées dans la caverne; et malgré la peine que lui coûta ce travail, dans lequel il ne put s'aider que d'un couteau émoussé, il réussit au-delà de son attente.

Le plus difficile n'était pas encore fait, il lui restait à se procurer du papier. Après avoir bien réfléchi, il vint à l'idée de Pierre d'utiliser les feuilles blanches qui se trouvaient au commencement et à la fin du livre que le capitaine Giacomo avait apporté à son fils, ainsi que les marges de ces livres. Fier de sa découverte, Pierre commença ses leçons. Il traça devant Anselme, qui le suivait des yeux avec une attention que rien ne pouvait distraire, la première lettre de l'alphabet, et au bout de peu de semaines Anselme fut non-seulement en état de figurer les lettres isolées, mais de les lier ensemble et de composer des mots et des phrases entières. Malgré le soin avec lequel ils avaient ménagé le papier, tout fut bientôt rempli; et Anselme se désespérait d'être entravé dans ses progrès, lorsque Pierre lui conseilla d'avoir recours à Lélio, qui était le seul des habitants de la caverne à qui il pût confier cette mission délicate.

— Tu as raison, lui dit Anselme, je suis sûr que Lélio ne me refusera pas.

En effet, il commença à le presser vivement de lui apporter du papier.

— Je ne puis, répondait Lélio en secouant la tête, ton père ne veut pas que tu apprennes à écrire, et je ne puis le blâmer, car c'est un talent entièrement inutile à un homme qui doit aller chercher sa vie sur les grands chemins.

— Mon bon petit Lélio, tu me ferais tant de plaisir; je t'aimerai bien, si tu veux m'apporter du papier, seulement un petit morceau.

— Je consentirais à t'en apporter, si j'étais sûr que tu ne me trahisses pas, si la chose venait à être découverte.

— Personne ne le saura, mon père dût-il me fouetter jusqu'au sang.

— Il suffit, j'aviserai au moyen d'en avoir.

Le complaisant Lélio tint parole : dans une de leurs courses, il acheta du papier qu'il sut adroitement glisser dans la valise d'un voyageur qu'ils avaient dépouillé. Quand la bande fut de retour et que l'on procéda à l'inspection du butin, Lélio s'empara du papier et le jeta dédaigneusement dans un coin comme une chose inutile, après avoir fait à Anselme un signe d'intelligence.

Celui-ci le comprit mais n'alla chercher le papier vivement désiré qu'après s'être assuré que personne ne l'avait remarqué.

Il mit son trésor en sûreté et alla faire part de son bonheur à ses petits amis, qui s'en réjouirent avec lui. Claudine lui fit un cahier d'écriture ; et chaque fois que le capitaine quittait la caverne, Anselme se mettait à écrire et faisait des progrès surprenants.

Un accident déplorable arrivé à la vieille Isabelle, et auquel elle succomba, vint tristement varier la monotonie de la vie que les enfants menaient dans la caverne.

Un jour, vers l'heure du dîner, comme Pierre et Anselme, retirés dans un coin de la caverne, s'entretenaient paisiblement, ils entendirent pousser un cri perçant, et reconnurent la voix d'Isabelle. Ils se hâtèrent de se rendre à la cuisine, et trouvèrent la vieille étendue sur le sol et se tordant dans les angoisses de la douleur ; près d'elle étaient les débris d'un grand pot d'argile, et la terre était couverte d'eau encore fumante.

— Qu'avez-vous, Isabelle ? lui demanda Pierre avec intérêt, en lui tendant la main pour lui aider à se relever.

— Elle est tombée avec ce pot d'eau bouillante, répondit en pleurant Claudine, qui était près de là à l'instant où cet accident était arrivé.

— Je suis morte, je n'en puis revenir ! s'écria la vieille. Oh ! combien je souffre !

— Remettez-vous, Isabelle, et dites-nous ce que nous pouvons faire pour vous soulager, lui dit Pierre, qui ne pouvait retenir ses larmes en entendant les cris lamentables de la vieille.

— Qu'a donc cette vieille folle à crier de la sorte ? demanda le capitaine Giacomo, qui s'était approché avec quelques-uns de ses gens qui,

ainsi que lui, regardaient avec froideur ce douloureux spectacle.

— Elle s'est un peu échaudée, répondit un des
brigands, et c'est là tout.

— Cela lui apprendra à prendre plus de pré-
cautions, répondit le capitaine.

Tous s'éloignèrent alors, excepté les enfants,
qui se sentaienttouchés de la plus vive pitié.

— Anselme et Claudine, venez, dit Pierre, et
aidez-moi à porter Isabelle sur son lit; elle y
sera mieux que sur la terre. Que ne pouvons-
nous la soulager!

Les trois enfants se mirent en devoir de l'enlever; mais aussitôt qu'ils l'eurent touchée, elle
jeta des cris perçants, car tout son corps n'était
qu'une large plaie.

— Qu'allons-nous faire? s'écria douloureuse-
ment Claudine. Cette bonne petite fille avait oublié que souvent, par malignité, la vieille l'avait
brûlée ou échaudée, pour le plaisir de la voir
souffrir. Isabelle était toujours étendue sur la
terre, et par suite des souffrances qu'elle éprouvait, son visage se contractait à un tel point que
les enfants en étaient effrayés. Ils réussirent enfin à la porter sur son misérable lit de paille.
Pierre, qui s'était remis de sa première émotion,

se rappela alors que l'on employait avec succès les compresses d'eau froide pour calmer les douleurs que causent les brûlures. Claudine alla chercher de l'eau, déchira son tablier et en fit des compresses dont on enveloppa les pieds et les mains de la vieille. Ce moyen leur réussit, car il diminua la violence de ses douleurs.

Les soins empressés de ces aimables enfants, auxquels elle n'avait fait que du mal, firent une profonde impression sur le cœur endurci d'Isabelle. Les larmes de compassion qui inondaient leur visage ouvrirent son âme au repentir.

— Pauvres enfants! s'écria-t-elle d'une voix altérée par la souffrance, vous cherchez à me soulager, moi, vieille pécheresse, qui n'ai cherché qu'à vous tourmenter.

— Ne pensez point à cela, Isabelle, nous n'en avons gardé aucun ressentiment, et nous ne désirons rien plus vivement que de pouvoir porter remède à vos souffrances, répondit Claudine en essuyant la sueur qui coulait de son front.

— Vous êtes bons et compatissants, aussi vous irez dans le sein de Dieu quand votre dernière heure aura sonné. Mais moi... Ici elle s'arrêta, et son visage se contracta d'une manière horrible.

— Moi, continua-t-elle, misérable pécheresse,

je n'ai jamais voulu écouter les sages conseils
qui m'ont été donnés. Fille ingrate et insoumise,
j'ai, par ma conduite déréglée, causé la mort des
auteurs de mes jours. Je me moquais de mes
maîtres quand ils m'exhortaient à une meilleure
vie et me parlaient de Dieu et du châtiment réservé au méchant après sa mort. Quand mes parents ne furent plus et qu'aucun obstacle ne vint
s'opposer à mes penchants criminels, je tombai
de plus en plus profondément dans le vice, et je
devins enfin la compagne des brigands et des
homicides.

— Ne vous fatiguez pas, Isabelle, lui dit
Pierre, votre voix s'affaiblit. Comment vous
trouvez-vous?

— Comment je me trouve? mon bon Pierre;
comment je me trouve? la mort, la mort me
presse; dans peu je ne serai plus. O douleur!
Cette idée me fait frémir. Comment oserai-je paraître devant Dieu, moi, indigne créature, chargée de crimes et couverte d'ignominie; comment
paraîtrai-je devant ce juge terrible! Que la mort
est effrayante après une si honteuse vie!

— Nous allons prier pour vous, Isabelle, priez
avec nous, lui dit Claudine en tombant près de
son lit les mains jointes. Pierre et Anselme imite

rent son exemple, quoique ce dernier n'eût qu'une
idée imparfaite de la prière.

La vieille devint calme, et cessa tout mouvement ; elle remuait seulement encore un peu les
yeux. Elle essaya plusieurs fois, mais en vain,
de joindre les mains ; la faiblesse l'en empêcha.
Les trois enfants priaient Dieu qu'il eût pitié
d'elle.

Enfin elle se leva encore une fois, les regarda
avec des yeux à demi éteints, et leur dit d'une
voix faible :

— Je meurs, mes enfants ; ne suivez pas la
même voie que moi : évitez le vice et le crime, si
vous voulez que votre dernière heure soit tran-
quille. Dieu ! s'écria-t-elle en recueillant le peu
de forces qui lui restaient, pardonnez à votre
créature, et sauvez du péché ces enfants qui sont
encore purs.

Elle voulait en dire davantage, car elle remuait toujours les lèvres ; mais la voix lui manqua. Elle tourna encore une fois les yeux vers
les enfants ; un profond sentiment de douleur se
peignit sur son visage ; un frisson parcourut tous
ses membres, et elle retomba pour ne plus se
relever.....

Les enfants restèrent près de son lit dans la

même posture; leur cœur était brisé, car c'était
la première mort à laquelle ils assistaient, et
quelle mort! celle d'un pêcheur repentant.

XII. — Giacomo découvre qu'Anselme a appris à écrire. Suite de cette découverte.

La mort de la vieille Isabelle ne fit aucune
impression sur les habitants de la caverne. Ils
n'y firent pas plus d'attention qu'on n'en fait à
la mort d'un chien ou d'un oiseau. Ils se plaignaient seulement de ce qu'ils seraient obligés
de se charger de certains travaux qui jadis
étaient dans les attributions de la vieille, quoique Claudine fît tout ce qui était en son pouvoir
pour se rendre utile.

Sans respect pour son corps, on le traîna à
l'entrée de la caverne, et on le précipita du haut
du rocher dans l'abîme, où il devint bientôt la
pâture des vers et des oiseaux de proie. On ne le
couvrit seulement pas d'une pelletée de cette terre
sur laquelle elle avait vécu si longtemps.

Depuis la mort d'Isabelle, Pierre et Claudine
avaient vu leur sort s'améliorer, quoiqu'ils eus-

sent plus à travailler qu'auparavant; car personne ne venait les tourmenter, comme elle le faisait sans cesse. Anselme, qui leur était entièrement dévoué, partageait leurs travaux avec intelligence et assiduité, bien que personne ne l'en priât, et que son père ne vît pas avec plaisir l'héritier présomptif de ses richesses et de son grade s'abaisser à des occupations indignes de lui.

Mais cet enfant, qui avait jadis passé son temps dans l'oisiveté, compagne inséparable de l'ennui, avait appris, par Pierre et Claudine, à aimer le travail; aussi n'éprouvait-il plus aucun de ces accès de mauvaise humeur auxquels, jadis, il était si sujet. Il n'était plus dévoré que du désir de voir le monde, la terre couverte d'opulentes cités, de riches moissons et d'une verdure perpétuelle, le ciel avec ses astres brillants; mais, par malheur pour lui, son père était sourd à toutes ses prières, et le renvoyait pour l'accomplissement de son désir à une époque éloignée.

Pierre et Claudine qui, de leur côté, aimaient Anselme de toute leur âme, ne négligeaient rien pour le perfectionnement de leur jeune ami; ils travaillaient non-seulement à augmenter ses connaissances, mais encore ils lui apprenaient à

aimer Dieu et leur Sauveur; ce à quoi leur servit
beaucoup le livre de prières qu'ils avaient apporté.

Ce pauvre enfant, qui n'avait pas reçu le bap-
tême et avait grandi dans cette caverne comme
un être privé d'intelligence, apprit à aimer le
Seigneur. Pierre, qui montrait dans toutes choses
beaucoup de tact et de pénétration, lui faisait
apprendre par cœur les passages les plus remar-
quables de son livre de prières, et lui expliquait
ce qu'il ne comprenait pas.

Quoique ces trois enfants fussent privés des
plaisirs que procure la liberté, ils vivaient heureux. Pierre et sa sœur commençaient même à
se familiariser avec l'idée de passer leur vie dans
la caverne, lorsqu'un événement imprévu vint
empoisonner leur bonheur.

Ils avaient jusqu'alors soigneusement caché à
Giacomo que son fils eût appris à écrire, lorsqu'un jour le capitaine revint à l'improviste d'une
expédition qu'il avait entreprise avec ses gens,
et surprit son fils écrivant; car on sait qu'Anselme profitait pour cela de l'absence de son père.

Les enfants étaient si profondément absorbés
par leur occupation, que Giacomo les observait
depuis quelques instants sans qu'ils se fussent

aperçus de sa présence, quand, tout-à-coup, il s'écria d'une voix tonnante :

— Qu'est-ce que cela ? C'est donc ainsi qu'on obéit à mes ordres ?

Cette apostrophe vint les glacer d'épouvante et leur apprendre qu'ils étaient découverts.

Giacomo ne se contenta pas de les avoir effrayés par la dureté de ce reproche. Il donna à Pierre un coup si violent dans la figure, que le pauvre enfant tomba par terre, le visage tout ensanglanté.

La frayeur et la surprise avaient pétrifié Anselme; mais quand il vit que son père se disposait à maltraiter Claudine, il se jeta dans ses bras, et le pria, en répandant des larmes, de ne pas leur faire de mal, puisque lui seul était la cause de leur désobéissance.

— Tu seras aussi puni de ta faute, lui dit son père, plus irrité de ce qu'on avait enfreint ses ordres, que du talent acquis par son fils.

— Punis-moi donc seul, reprit Anselme avec résolution, car ils sont innocents. J'ai employé, à leur égard, les prières et les menaces pour qu'ils me montrassent à écrire; ils ont été forcés de le faire, puisque tu leur avais ordonné toi-même de m'obéir en toutes choses.

— Vraiment, tu parles comme un livre, lui dit son père avec un sourire ironique; mais ton éloquence est inutile, je vais les punir de telle sorte que jamais il ne leur viendra à l'esprit de me désobéir.

— Eh bien! ils ne seront pas punis seuls, s'écria Anselme en couvrant de son corps Claudine et son frère, qui s'était relevé et attendait, en tremblant et le visage encore tout couvert de sang, que Giacomo prononçât sa sentence.

— Frappe maintenant, lui dit Anselme, tu peux être sûr que tes coups m'atteindront avant eux.

—Cet enfant est-il devenu fou! s'écria le capitaine en arrachant Anselme de la place qu'il occupait. Qu'est-ce que cela signifie? prétends-tu jouer la comédie? Songe que ta résistance ne servira qu'à rendre leur sort plus dur encore. Si tu dis un mot pour leur défense, je les tue tous deux devant toi. En disant ces mots, il tira de sa ceinture un de ses pistolets et l'arma.

—Tu ne les tueras pas! s'écria Anselme, que l'action de son père avait épouvanté. Mon père, je te jure au nom du Dieu en qui je crois maintenant, que je ne leur survivrai pas une heure. Leur mort sera la mienne.

— Anselme, mon cher Anselme, lui dit Pierre
en répandant des larmes, ne fais pas ce serment.
Si ton père nous tue, nous irons dans le sein de
Dieu, qui nous accueillera avec bonté, parce que
nous ne sommes souillés d'aucun crime. Mais
toi, mon cher Anselme, vis et deviens honnête
homme, afin que nous nous revoyions dans le
ciel, et que nous y vivions heureux pour l'éternité.

— Que dit cet imbécile avec son éternité?
s'écria Giacomo d'une voix rude. S'il a appris
ces niaiseries à mon fils, il peut être sûr que sa
dernière heure a sonné.

Les paroles de Pierre avaient produit une vive
impression sur l'esprit du brigand; et malgré ses
menaces, il s'éloigna. Déjà ces pauvres enfants
commençaient à respirer, et pensaient que cette
fois encore l'orage était dissipé, lorsque Giacomo
revint sur ses pas, et leur dit en fronçant les
sourcils :

— Qui vous a donné les choses dont vous vous
servez pour écrire? avouez-le sans détour, et
vous ne serez pas punis.

— Personne, reprit Anselme, qui ne voulait
pas trahir son ami Lélio.

— Crois-tu donc, insensé, que je puisse me

contenter de cette réponse? Dis-moi la vérité,
sans quoi... (Il porta la main à son pistolet.)

— Nous avons fait de l'encre avec de la suie et
de l'eau, et la plume est faite avec un morceau
d'os que nous avons taillé, répondit Anselme
avec timidité.

— Cela se peut; mais le papier? Vous ne me
ferez pas accroire que vous l'avez fabriqué?

— Non, nous ne le voulons pas, reprit Anselme avec embarras; car, pour Pierre et Claudine, ils n'osaient proférer un seul mot.

— Qui donc vous a donné ce papier? je vois
que vous en avez une provision, et que vous avez
fait un cahier semblable à ceux dont on se sert
dans les écoles. Qui vous l'a donné? Répondez-moi, si vous ne voulez que je m'irrite encore
contre vous.

— Nous l'avons trouvé dans la caverne, répondit Anselme, ou, pour mieux dire, je l'ai
trouvé dans un coin au milieu d'autres choses
que vous aviez apportées de là-haut, après avoir
dépouillé un voyageur.

— C'est un conte, un mensonge! s'écria Giacomo. Si vous persistez à ne pas me dire la vérité, je vous fais fouetter jusqu'au sang. J'apprendrai à vivre à celui qui a transgressé mes ordres.

Si vous me le nommez, je ne vous punirai pas, et le châtiment tombera sur celui qui m'a désobéi, aussi vrai que je me nomme Giacomo.

— J'ai dit la vérité, tu peux me frapper si tu veux, reprit Anselme avec une fermeté qu'on ne pouvait guère attendre d'un enfant de son âge.

— Insolent ! s'écria Giacomo en se jetant sur lui avec fureur.

Le pauvre Anselme supporta ce châtiment avec résignation, et cherchant de l'œil Lélio, il semblait lui dire : Ne crains rien, je ne te trahirai pas.

Lélio, qui était témoin de cette scène, tremblait de tous ses membres, et craignait à chaque instant d'entendre son nom sortir de la bouche d'Anselme. Alors, malheur à lui !

Anselme se tut, quoique son père, qui était furieux, l'accablât de coups, ainsi que les autres enfants.

Quand Giacomo fut las de maltraiter ces pauvres innocents, il s'en alla en jurant qu'il fallait qu'ils périssent, puisqu'ils avaient corrompu son fils à ce point; car dans sa perversité, ce scélérat appelait corruption ce que les autres hommes décorent du nom de vertu.

Anselme, qui connaissait son père, tremblait,

non pas pour lui, mais pour ses chers amis, dont
la vie lui était devenue aussi précieuse que la
sienne.

— Comment vous préserver de la fureur de
mon père? leur disait le pauvre enfant en les
pressant dans ses bras.

— Que nous sommes malheureux! disait en
soupirant le pauvre Pierre, qui essuyait le sang
et les larmes qui lui baignaient le visage.

— Dieu viendra à notre secours, s'il est aussi
puissant que tu le dis, lui disait Anselme.

— Oui, oui, le Seigneur aura pitié de nous, dit
Claudine.

Ces pauvres enfants, fortifiés par cette pensée
consolante, virent disparaître leur crainte et leur
tristesse.

XIII. — Lélio découvre à Anselme un secret important.

Le lendemain de cette horrible scène, Lélio,
pénétré de reconnaissance envers Anselme, pour
la fermeté avec laquelle il avait enduré les mauvais traitements de son père, cherchait l'occasion
de se rapprocher des enfants. Tantôt il les aidait

dans le soin de la cuisine, tantôt il s'asseyait à leurs côtés et causait avec eux, jusqu'à ce qu'enfin il eût trouvé le moment favorable de faire signe à Anselme de le suivre dans une partie reculée de la caverne.

Anselme le comprit, et ne tarda pas à le rejoindre.

— Que me veux-tu, mon cher Lélio? lui demanda vivement Anselme; je vois que tu as quelque chose d'important à me dire.

— Je veux d'abord te remercier de ce qu'hier tu ne m'as pas trahi; car ma mort aurait été la suite de ton indiscrétion.

— Mon cher Lélio, c'eût été mal à moi de te trahir, et je ne regrette pas ce que j'ai souffert, depuis que Pierre et Claudine m'ont dit que Dieu aime et récompense les hommes qui font le bien, tandis qu'il punit les méchants.

— Jamais je n'oublierai ce que tu as souffert pour moi. Tu as raison d'aimer ces deux jeunes Savoyards, ils sont devenus tes véritables bienfaiteurs en t'apprenant à connaître Dieu, et en cherchant à te rendre pieux et bon.

— Tu crois donc en Dieu? lui demanda Anselme avec joie.

— J'y crois maintenant, mon cher Anselme,

et me repens vivement de l'avoir oublié pendant
si longtemps, et d'avoir violé ses commande-
ments.

— Alors tu vas redevenir bon et honnête,
comme le sont Pierre et Claudine! Mais qui a pu
te changer si subitement? car je me rappelle que
jadis tu étais comme les autres, qui blasphèment
le nom de Dieu, et sont assez méchants pour tuer
leurs semblables.

— La mort de la vieille Isabelle, et ses der-
nières paroles m'ont fait rentrer en moi-même,
et m'ont réconcilié avec Dieu. Isabelle avait toujours été une femme méchante et cruelle, qui
avait passé sa vie à violer les plus saints com-
mandements du Seigneur; mais quand elle vit
approcher sa dernière heure, ce penchant au mal
qui l'avait accompagnée pendant toute sa vie
disparut; et elle trembla devant Dieu, dont elle
avait méprisé les lois, et devant l'éternité qu'elle
avait méconnue. J'étais près d'elle quand elle
rendit le dernier soupir; j'entendis ses gémisse-
ments, et je la vis frémir en présence de la mort;
je l'entendis vous exhorter à suivre le chemin de
la vertu; ses paroles me touchèrent jusqu'au
fond de l'âme, je sentis mes yeux se mouiller de
larmes, et j'eus horreur de ma vie passée.

— C'est le Seigneur qui a changé ton cœur,
mon cher Lélio, c'est de lui que vient cette grâce,
lui dit Anselme en lui pressant les mains.

— Oui, oui, cette grâce vient de lui, mon cher
Anselme, mais songe combien ma position est
cruelle, maintenant que je suis revenu à la vertu,
car j'ai reçu de ton père la sanglante mission de
tuer cette nuit tes deux jeunes amis.

— Tu ne le feras pas, Lélio! s'écria Anselme
avec effroi. O mon bon Lélio! continua-t-il, ne
les tue pas, ou tue-moi avec eux; car sans eux
je ne puis plus vivre. La pensée que mon père
est assez barbare pour avoir pu donner cet ordre
cruel me rend la vie encore plus à charge!

— Mais comment les sauver? demanda Lélio;
car si je n'exécute pas l'ordre de ton père, il me
tuera, chargera un autre de ce crime, et ma pitié
n'aura servi qu'à m'envelopper dans leur
malheur.

— Il faut absolument que tu les sauves! s'écria
Anselme en tombant à ses genoux.

— Je le souhaite de tout mon cœur; mais comment faire? Voilà ce que ton père m'a ordonné :
cette nuit, quand tout le monde sera endormi, je
boucherai avec un mouchoir la bouche de Pierre,
puis celle de Claudine, afin d'étouffer leurs cris;

6

je les porterai ensuite l'un après l'autre en haut
de la caverne, et je les précipiterai dans l'abîme
où repose aujourd'hui le corps de la vieille Isabelle. Voilà ce qu'a imaginé ton père, qui, malgré sa dureté, t'aime tendrement, pour ne pas
t'affliger par le spectacle de leur mort. Quand tu
te réveilleras, que tu ne les trouveras plus, on te
dira qu'ils ont pris la fuite ; ce qui te consolera de
leur perte.

— Ce projet est horrible ! s'écria Anselme en
versant des larmes. Mais n'y a-t-il pas moyen de
les sauver ? Si tu ne les étouffais pas avec le mouchoir, que tu les portasses en haut de la caverne
et que tu leur rendisses la liberté ?

— C'est bien pensé ; ce projet est excellent,
dit Lélio avec joie, j'y réfléchirai. Mais il faut
qu'ils en soient avertis, afin qu'ils ne résistent pas
quand je les emporterai, et qu'ils feignent d'être
morts.

— Ils le feront, Lélio ; ils feront tout ce qui est
possible pour ne pas périr.

— Il faut, dans cette circonstance, beaucoup
de discrétion. Une fois qu'ils seront sauvés, j'en
supporterai toutes les conséquences, reprit Lélio
après une pause.

— Mais ne pourrais-tu pas te sauver avec eux, et moi aussi ?

— Toi aussi, Anselme; tu quitterais ton père ?

— Mon père, qui a ordonné la mort de mes plus chers amis, et veut faire de moi un vil brigand ! Je ne puis le quitter qu'avec joie.

— Eh bien ! j'y songerai. Lorsque minuit aura sonné, fais attention à tout ce qui se passera autour de toi; si tu vois que je caresse trois fois Lilia, c'est que j'aurai trouvé le moyen de nous sauver tous. Ne vous endormez pas cette nuit, et ayez grand soin de faire tout ce que je vous ordonnerai.

— C'est bien, tu caresseras trois fois Lilia, n'est-ce-pas? Tu seras notre bon ange, s'écria Anselme.

— Que Dieu nous soit en aide !

Après cet entretien, ils se séparèrent, et chacun d'eux alla rejoindre ses compagnons.

Anselme attendit avec impatience l'instant d'entretenir ses deux petits amis du secret que Lélio lui avait confié. On peut se figurer quel fut leur effroi quand ils apprirent l'horrible dessein de Giacomo. Quelle affreuse journée devait précéder le dénouement de cet horrible mystère ! Si Lélio changeait d'avis; qu'il ne pût trouver aucun moyen de les sauver ; s'ils ne parvenaient pas à s'échapper !

Combien l'exécution de ce plan ne présentait-elle pas de difficultés, quand bien même Lélio persisterait dans l'intention de les sauver ! Tous les brigands étaient dans la caverne, il ne fallait qu'un traître pour que tous fussent perdus !

Ces sinistres pensées préoccupaient nos enfants à un tel point qu'ils ne savaient ce qu'ils faisaient ; et si le barbare Giacomo n'eût pas eu une confiance aveugle dans la discrétion de Lélio, leur visage pâle et défait, leur voix tremblante chaque fois qu'ils adressaient la parole aux autres habitants de la caverne, les auraient probablement trahis. Par bonheur, personne ne prenait garde à eux, il n'y avait que Lélio qui cherchât par ses signes d'intelligence à leur donner du courage.

Quand les brigands eurent fini leur dîner, les enfants ne perdirent pas de vue le généreux Lélio, leur unique espérance. Quelle fut leur joie quand ils le virent se diriger vers le lieu où Lilia avait une épaisse litière de mousse et de feuilles sèches, et caresser trois fois le pauvre animal, en regardant nos enfants d'une manière significative.

Quand ils virent *Lélio* s'approcher de la chèvre,
leurs yeux se fixèrent sur sa main; ils respiraient à peine, et tout leur sang refluait vers
leur cœur; mais quand Lélio eut fait le signal si
impatiemment attendu, leurs joues couvertes
d'une pâleur mortelle devinrent d'un rouge de
feu. Ils se pressèrent mutuellement la main, et
de grosses larmes s'échappèrent de leurs yeux.

— Pierre, dit Anselme à voix basse, nous sommes sauvés! Dieu a eu pitié de nous, remercions-
le du secours qu'il nous porte!

— Oui, mon cher Anselme, mais nous ne sommes pas encore hors de danger; la nuit n'est pas
passée.

— Elle passera heureusement; reposons-nous
sur la prudence de Lélio, reprit Anselme; mon
père a dit plus d'une fois que Lélio était le plus
rusé et le plus intrépide de toute la bande, et
que sans lui beaucoup d'expéditions échoue-
raient. Cette nuit il rassemblera toute sa prudence et son adresse pour nous sauver.

— Que Dieu le veuille! reprit Claudine en essuyant la sueur qui coulait de son front.

Ce jour d'anxiété, dont chaque minute paraissait une heure à nos enfants, approchait de sa

fin; et l'on voyait çà et là un brigand s'étendre
sur son lit de mousse.

Lélio seul était constamment en action. Tantôt
il nettoyait ses armes, et tantôt ses habits. Il
s'approcha secrètement du foyer près duquel
étaient assis nos enfants, et quand il fut près
d'eux il leur dit :

— Mes enfants, l'instant de la délivrance approche, ne vous opposez à rien de ce que je vous
ferai, quelque hostile qu'il vous paraisse. Je suis
votre ami et je veux vous sauver. Quant à toi,
Anselme, aie soin de ne pas t'endormir. Aussitôt
que tu me verras approcher de tes amis, lève-toi
doucement et dirige-toi vers l'ouverture par laquelle tu vois sortir Lilia quand elle va chercher
sa nourriture. Tu ne peux te glisser que sur le
ventre, parce que le passage est trop étroit pour
que l'on puisse s'y tenir debout; mais ne t'en
effraie pas; va hardiment jusqu'au haut, et
quand tu y seras, tu m'attendras. Sois prudent,
car le moindre bruit nous perdrait sans retour.

— Nous ne ferons pas plus de bruit qu'une
souris, dirent les trois enfants à la fois.

— C'est bien; maintenant taisez-vous, leur
dit-il à voix basse; il ajouta à haute voix : Eh

bien! vous n'allez pas encore vous coucher? Que
faites-vous près de ce feu?

— Nous ne sommes pas encore las, répondit
Anselme sur le même ton; car il avait deviné
l'intention de son ami. Mais dis-moi donc, Lélio,
qu'est-ce que cela te fait, que nous dormions ou
que nous veillions?

— Allons, allons, c'est toujours la même chose,
vous prenez en mauvaise part ce qui est dit pour
votre bien, répondit Lélio en riant. Dormez ou
veillez, cela m'est indifférent; mais je pensais
que pour des enfants, il était temps que vous
allassiez vous coucher.

— Vous pouvez croire ce qu'il vous plaît;
quant à nous, nous faisons ce qui nous convient,
répondit Anselmo en fronçant le sourcil.

— Vous vous disputez encore à cette heure,
dit le capitaine, dont la vivacité de ce colloque
avait attiré l'attention.

— Lélio gronde toujours, reprit Anselme avec
une mauvaise humeur affectée. Nous sommes
tranquillement assis auprès du feu et nous nous
racontons des histoires, et voilà qu'il vient nous
interrompre pour nous dire de nous aller coucher.

— Lélio a raison, demain il fera jour, et vous
aurez le temps de conter des histoires, répondit

le capitaine, à qui il importait que les deux Savoyards s'endormissent, afin qu'il pût en être plus tôt débarrassé.

— Je ne veux pas, reprit Anselme avec ce ton arrogant dont il s'était corrigé d'après les conseils de Pierre.

— Tu ne veux pas? s'écria le père, qui commençait à s'irriter. Tu iras te coucher, je l'ordonne; car je ne souffrirai pas que tu me tiennes tête.

— Nous verrons si tu pourras me forcer à m'aller coucher, dit Anselme.

— Anselme, ne résiste pas à ton père, lui dit Pierre, qui ne voyait pas sans douleur son jeune ami se séparer de son père avec colère, malgré la barbarie et la brutalité de cet homme. Obéissons, ajouta-il, cela vaut mieux.

— Quand on me parle de la sorte, je cède volontiers, reprit l'enfant en se levant. Bonne nuit, papa; bonne nuit, mes amis!

— Donne la main à ton père et prie-le de te pardonner ta résistance, dit Pierre, qui voulait qu'ils se séparassent sans ressentiment.

— Dis donc, Lélio, ne trouves-tu pas que ce garçon joue assez bien le rôle de gouverneur? dit Giacomo en riant.

— C'est un habile garçon; c'est bien dommage que ses talents soient perdus ici, répondit Lélio.

— Qui sait s'il ne les conservera pas jusqu'à l'âge d'homme, reprit le capitaine, en regardant Lélio avec un sourire ironique; il aime trop les sermons pour qu'on puisse jamais en faire un brigand déterminé, et il devra chercher à gagner son pain d'une autre manière, s'il ne veut pas mourir de faim. Allons, en voilà assez; tiens, Anselme, voilà ma main en signe de réconciliation; montre-toi dorénavant plus soumis à mes ordres, et ne cherche plus à me braver; arrange-toi avec tes compagnons comme tu l'entendras.

A ces mots, il tendit la main à Anselme. Le pauvre enfant saisit avec transport cette main que jamais il ne devait presser, et il était à un tel point subjugué par son attendrissement, qu'il se serait trahi; mais son père ne prit pas garde à son émotion et s'éloigna sur-le-champ. Les trois enfants gagnèrent leur couche, non pour dormir, mais pour mettre à profit les conseils de Lélio.

XIV. — L'évasion.

Enfin tous les habitants de la caverne furent bientôt plongés dans un profond sommeil. Les

enfants feignirent de dormir, quoique l'anxiété
à laquelle ils étaient en proie les empêchât de
fermer l'œil.

Les lits de Pierre et de Claudine étaient voisins
l'un de l'autre, mais le pauvre Anselme était
couché très loin d'eux, à trois pas à peine du lit
de son père, qui, même pendant la nuit, ne voulait pas se séparer de son fils chéri. On se figure
facilement combien cette circonstance rendait
difficile l'exécution de son projet; aussi le cœur
du pauvre enfant battait-il avec violence.

Ce qui favorisait le projet de nos fugitifs, c'est
que dans la caverne on couchait tout habillé sur
de simples lits de mousse ou de feuilles, pour se
garantir de la fraîcheur; car autrement, comment
les enfants auraient-ils fait pour s'habiller?

Anselme, étendu sur son lit, et retenant son
haleine, écoutait attentivement si son père dormait ou non. Par bonheur, Giacomo, qui la veille
avait fait une longue excursion, était accablé de
fatigue; aussi ne tarda-t-il pas à être profondément endormi.

Comment ce misérable pouvait-il goûter le
sommeil, après avoir ordonné la mort de deux
enfants innocents? On frémit quand on songe à
l'excès de dégradation dans lequel tombe

l'homme qui s'écarte du sentier de la vertu et se laisse entraîner par ses passions. Souvent le premier pas dans la carrière du vice décide du sort de notre vie entière; car qui peut savoir où nous conduira ce premier pas? Il est certain qu'en commençant sa carrière criminelle, Giacomo n'était pas entièrement corrompu, et qu'alors il n'aurait pas dormi aussi paisiblement si deux innocents avaient dû périr par son ordre. Cette nuit aurait été empoisonnée par les plus affreux remords, et le cri de sa conscience aurait banni le sommeil de ses yeux; mais après être progressivement tombé dans le plus bas degré de perversité, et que le crime était devenu chez lui une habitude, il dormait aussi paisiblement que s'il eût été innocent. Mais quels déchirants remords ne viendront pas l'assaillir quand il sortira de l'illusion où l'ont plongé les écarts d'une vie criminelle! La mort d'Isabelle n'avait fait aucune impression sur lui; les angoisses de sa dernière heure ne l'avaient point touché; il n'en avait pas moins persévéré dans le vice.

Il dormait tandis que son infortuné fils épiait ses mouvements et veillait au milieu des plus douloureuses angoisses. De temps à autre Anselme soulevait la tête et promenait ses regards autour de lui. Tout était enseveli dans le sommeil, Lélio lui-même paraissait dormir. Grand Dieu ! si Lélio dormait véritablement ! Si l'heure de la délivrance allait inutilement s'écouler ! Si ces pauvres enfants devaient passer encore une journée semblable à celle qui s'était écoulée la veille, supporteraient-ils les tourments d'une aussi douloureuse attente ? Leur abattement ne les trahirait-il pas ?

Pierre et Claudine faisaient à peu près les mêmes réflexions, mais ils étaient plus tremblants que leur jeune ami ; et l'on peut croire facilement qu'ils ne pouvaient dormir. Le danger était bien plus grand pour eux que pour leur ami ; leur vie était en jeu, tandis que si le projet d'Anselme venait à échouer, il en serait quitte pour une correction. Si Lélio, dominé par la crainte, au lieu de devenir leur sauveur, les précipitait du haut du rocher, ainsi qu'il en avait pris l'engagement !

Une sueur froide inondait leur visage, et ils ne parvinrent à calmer leur agitation qu'en adressant au Seigneur une fervente prière. Ils connaissaient le pouvoir de la prière ; aussi, dans cette heure terrible, avaient-ils recours à celui qui peut nous sauver du danger, parce qu'il est tout-puissant, et qu'il n'abandonne jamais ceux qui implorent son appui.

Après avoir prié, nos enfants sentirent renaître leur confiance, et attendirent avec plus de résignation que leur sort fût décidé.

Ils virent enfin Lélio se lever, prendre un mouchoir blanc et se diriger vers eux. Au même instant Anselme, qui épiait tout ce qui se passait, se leva précipitamment, et se glissa avec la rapidité d'un oiseau derrière une saillie formée par les parois de la caverne, d'où il pouvait gagner l'ouverture que lui avait indiquée Lélio.

Toutes les difficultés n'avaient pas disparu : il lui fallait encore passer par-dessus deux brigands qui se trouvaient entre lui et l'ouverture de la caverne. Après avoir rassemblé son courage, cet intrépide enfant se prépara à enjamber par-dessus le premier.

Pierre et Claudine suivaient en tremblant chacun de ses mouvements. Lélio lui-même sentait son sang se glacer dans ses veines. Anselme passa une jambe par-dessus le premier dormeur, et voyant qu'il ne se réveillait pas, il passa l'autre jambe. Il en fit autant au second, et avec le même succès. Bientôt il gagna l'issue de la caverne; il était sauvé!

— A nous maintenant, dit Lélio à voix basse, en s'approchant du lit de Pierre. Ne bouge pas, si ta vie t'est chère.

— Ne craignez rien, répondit Pierre; mais sauvez d'abord Claudine.

— Peu importe, surtout ne bougez pas.

Il passa alors son mouchoir autour du cou de Claudine, comme s'il voulait l'étrangler; il la chargea sur ses larges épaules, se dirigea vers l'entrée de la caverne, et après s'être assuré que tout le monde dormait, il la déposa à terre, lui ôta le mouchoir et lui dit à voix basse :

— Maintenant, va rejoindre Anselme, qui est probablement déjà en haut; ton frère ne tardera pas à vous y rejoindre. Attendez-moi tous deux patiemment, et ne vous hasardez pas à aller plus loin que l'ouverture de la caverne.

Claudine, quoique tremblant de tous ses membres, obéit aux ordres de Lélio, et se trouva bientôt auprès d'Anselme; elle s'était assise sur la terre et pleurait à chaudes larmes. Anselme s'efforçait de la consoler, et de lui inspirer de l'espoir, quand tout-à-coup Pierre parut à leurs yeux. Ils ne purent retenir un cri de joie qui fit trembler Lélio.

— O mon cher Pierre! combien ton absence nous causait d'alarmes, lui dit sa sœur en passant ses bras autour de son cou.

Anselme embrassa également son ami, en l'assurant de la joie qu'il éprouvait à le voir hors de danger.

— Mais où est donc Lélio, notre sauveur?

— Ici, mes enfants, mais pas de bruit. Hâtons-nous de nous mettre en marche, il n'y a pas un moment à perdre. Le chemin qui conduit à la forêt est dangereux, et quand nous l'aurons franchi nous ne serons pas encore à l'abri de tout péril.

La petite troupe se mit en marche. Lélio s'engagea le premier dans le passage périlleux, pour leur servir de guide. Par bonheur, la lune brillait de tout son éclat, et ils y voyaient aussi distinctement qu'en plein jour. Lélio ne cessait de leur recommander de marcher le plus près possible du rocher, et de ne point regarder dans le précipice qui était à leurs pieds, dans la crainte qu'un étourdissement ne causât leur chute. Les enfants suivirent ponctuellement les conseils de Lélio, et bientôt ils arrivèrent à l'extrémité du redoutable sentier.

Après une heure de marche, ils arrivèrent à

l'entrée d'une épaisse forêt. Aucun sentier n'y était pratiqué ; mais Lélio en connaissait si bien les détours, qu'il était sûr de ne pas s'égarer. Anselme, qui n'avait jamais marché si longtemps, se plaignait d'une violente douleur aux pieds ; mais Lélio ne lui permettait pas de se reposer, seulement il le prenait sur son dos pour le délasser, et lui faisait de temps à autre plonger ses pieds dans l'eau limpide d'une source, ce qui lui procurait un grand soulagement.

Anselme, qui n'avait jamais vu ni source, ni rivière, ni lac, regardait avec admiration cette eau qui serpentait à travers une pelouse émaillée de fleurs.

Au milieu d'entretiens tantôt tristes, tantôt gais, les enfants parcouraient du chemin, et comme la route allait en descendant, Anselme marchait avec plus de facilité. Le pauvre enfant n'osait plus se plaindre tout haut ; il soupirait seulement de temps en temps, parce que ses pieds le faisaient cruellement souffrir. Les objets qui l'entouraient frappaient son esprit d'une telle admiration, que parfois il oubliait sa douleur. Quand ils furent sortis de la forêt, et qu'Anselme aperçut à ses pieds une vallée où s'élevaient de jolies chaumières, et le penchant des montagnes couvert de troupeaux, il ne put maîtriser son ravissement; il tomba à genoux en versant des larmes de reconnaissance, et remercia, de son salut, Dieu, dont il reconnaissait la puissance et la majesté. Les deux autres enfants, excités par son exemple, s'agenouillèrent près de lui, et rendirent également grâces au Seigneur de leur heureuse délivrance.

Lélio jetant un coup d'œil sur cette vallée habitée par des hommes paisibles, dit d'une voix émue :

— Nous sommes sauvés! Que Dieu soit loué, mes enfants!

XV. — Les enfants sont recueillis par des personnes charitables.

Après que les enfants se furent reposés, ce qui pouvait avoir lieu sans danger, les quatre voyageurs descendirent dans la vallée et arrivèrent devant la chaumière d'un pâtre.

Les forces d'Anselme étaient si épuisées qu'il n'aurait pu faire un pas de plus, sa vie et celle de ses compagnons eussent-elles été en danger.

Un vieillard était assis sur un banc, à la porte

de sa chaumière, et se chauffait au soleil. A ses pieds dormait un chien.

— Bonjour, mes enfants ! dit le vieillard dans une langue qui était un mélange d'italien et de français, mais que nos enfants comprirent assez bien.

Lélio le remercia dans cette langue, qui lui était familière, et le pria de lui accorder un asile pour lui et pour ses compagnons.

— Entrez, mes amis, leur dit le vieillard, et regardez ce que renferme ma chaumière comme votre propriété. Vous paraissez avoir fait une longue route ; vous devez avoir faim et soif, et être fatigués, vous trouverez chez moi tous les soins qu'il est en mon pouvoir de vous donner.

— Marie ! cria-t-il à haute voix. Une femme d'un certain âge, mais robuste encore, parut aussitôt à la porte de la chaumière.

— Que veux-tu, Etienne ? demanda-t-elle au vieillard avec douceur.

— Il nous est arrivé des hôtes, je te prie d'avoir soin de les bien traiter.

— Repose-toi sur moi de ce soin, répondit-elle.

— Entrez, mes bons amis.

— Nous ne vous demandons pas à nous loger

pour rien, reprit Lélio en tirant une bourse pleine d'or.

— Gardez votre argent, lui dit Etienne; nous ne sommes pas des aubergistes. Nos services ne se paient pas avec de l'or. Nous obligeons nos semblables pour le plaisir de faire une bonne action. Mais pourquoi cet enfant pleure-t-il? continua ce bon vieillard en montrant Anselme, dont les yeux étaient pleins de larmes.

— Le pauvre garçon a les pieds blessés, répondit Lélio; il a, avant tout, besoin de repos.

— C'est bien; Marie va appliquer sur ses blessures des compresses trempées dans le suc d'herbes émollientes; cela suffira pour calmer ses douleurs.

Les voyageurs entrèrent dans la chaumière, et furent surpris de l'ordre et de la propreté qui y régnaient. Les rayons du soleil perçant à travers l'épais feuillage des ceps qui tapissaient l'extérieur de la chaumière, y répandaient une douce clarté.

— Couche-toi sur ce banc, dit le vieillard à Anselme.

Le pauvre enfant obéit sans résistance. Pendant ce temps, Marie tira d'une armoire du vieux

linge et du baume pour panser les pieds meur-
tris du petit voyageur.

Elle ôta les souliers et les bas d'Anselme, et
dit en secouant la tête :

— Le pauvre enfant a les pieds bien malades;
il a dû beaucoup souffrir; ils sont rouges et enflés,
et couverts de cloches.

Quand Marie eut fini son pansement, Anselme
se trouva si soulagé que ses larmes se séchèrent
et qu'il reprit sa sérénité.

La bonne Marie apporta sur la table ce qu'il y
avait dans sa chaumière : du pain, un quartier
d'agneau fumé, un panier de figues, de raisins
secs et d'amandes, et enfin une bouteille de vin
de leur récolte; car la culture de la vigne était
répandue dans le pays.

Pierre et Claudine, que tout ce qu'ils voyaient
dans cette chaumière faisait souvenir de leurs
bons parents et de leur vieux grand-père, joignirent les mains avant de se mettre à table, et
dirent leur prière. Le vieillard ôta son bonnet et
pria avec eux.

Nos voyageurs mangèrent avec un appétit qui
satisfaisait leurs généreux hôtes. Combien ce
repas offert par la plus douce hospitalité ne les
délectait-il pas !

Ils éprouvèrent une vive joie de se trouver au milieu d'hommes vertueux, après avoir vécu pendant si longtemps dans la société des réprouvés. Chacune des paroles de leurs hôtes respirait la bienveillance et la piété. Pierre et Claudine croyaient être revenus à leurs premières années, et se trouver encore avec leurs bons parents. Plus d'une fois ils furent tentés d'appeler bon-papa le vénérable Etienne, tant il leur rappelait le bon Philibert.

Les enfants, pénétrés de reconnaissance, pressèrent avec respect la main du vénérable Etienne et celle de la bonne Marie, qui aimait déjà tendrement ses petits protégés

Après que Lélio eut repris des forces, Etienne l'invita à le suivre chez le curé du village voisin, à qui il pouvait demander conseil aussi bien pour lui que pour les enfants. Lélio y consentit; car il désirait pouvoir partir immédiatement pour Forli, où l'entraînait un désir dont il n'était pas le maître.

Tous deux se mirent en route, et nos enfants restèrent sous la surveillance de la bonne Marie; car quoique Pierre, qui était robuste, leur eût proposé de les accompagner, on jugea plus con-

venable de le laisser dans la chaumière avec les
deux autres.

XVI. — Le sort des enfants est assuré.

Au bout d'une heure ils arrivèrent au presbytère, et furent assez heureux pour trouver le bon
curé Leblanc.

— Qui vous amène chez moi, mon cher
Etienne, demanda avec bienveillance le curé au
vieillard. Avant tout, asseyez-vous ; car, bien
que le chemin ne soit pas long, à votre âge on se
fatigue facilement.

— Grand merci, monsieur le curé, répondit le
vieillard. Je ne suis pas fatigué, et ce n'est pas
le moment de l'être quand il s'agit d'une bonne
œuvre. C'est ce qui m'amène vers vous ; il me
serait agréable que vous pussiez m'accorder une
heure d'entretien, et après m'avoir entendu me
donner votre conseil.

Etienne raconta l'histoire de Lélio et celle des
trois enfants.

— Ces aventures sont extraordinaires, s'écria
le curé quand Etienne eut fini. Vous avez raison,
il faut s'occuper du sort de ces intéressants en-

fants, afin qu'ils ne tombent pas dans de mau-
vaises mains. Quant à vous, mon fils, dit-il à
Lélio, il est convenable de s'occuper aussi de
vous ; le désir que vous avez de retourner vers
vos parents et d'obtenir d'eux votre pardon est
si louable, que je consens de grand cœur à vous
seconder, et j'emploierai toute mon influence à
vous faire obtenir un passeport pour Forli. Je
crois même pouvoir vous donner l'assurance que
je l'obtiendrai.

Revenons maintenant à ces pauvres enfants.
Etienne, vous avez entendu parler de cette comtesse un peu bizarre, mais très charitable, dont
le château est à une lieue d'ici, dans la montagne. J'irai la trouver, et je ne doute pas qu'elle
ne se charge volontiers de l'un de ces enfants,
peut-être même de tous deux ; car, pour Anselme, je m'en charge ; cet enfant m'intéresse
particulièrement, et j'ai résolu de le prendre chez
moi. S'il a, ainsi que vous le dites, de bonnes
dispositions, j'en ferai un homme de bien.

— Je savais bien que ce ne serait pas en vain
que nous nous adressions à vous, s'écria Etienne
avec joie. Vous voyez, mon cher Lélio, continua-
t-il en se tournant vers ce dernier, que l'avenir
de ces enfants, qui, il n'y a qu'un moment pa-

raissait si sombre, commence à s'éclaircir. Si la
comtesse en prend un, le sort de tous deux est
assuré ; je garderai l'autre. Il vaudrait cependant
mieux qu'ils demeurassent ensemble ; car ils
s'aiment si tendrement qu'ils ne pourraient se
séparer l'un de l'autre sans ressentir une
grande douleur. Mais il faudrait qu'ils prissent
leur parti, s'il ne pouvait en être autrement.

— J'irai aujourd'hui même chez la comtesse,
reprit le curé, je lui raconterai toute cette histoire, et je tâcherai de l'émouvoir en faveur de
ces pauvres enfants. Venez chez moi demain
matin, et si la comtesse le permet, nous lui pré-
senterons les enfants.

Après cet entretien ils se séparèrent, et Lélio
retourna chez Etienne, le cœur soulagé d'un
grand poids.

Les enfants attendaient leur retour avec impatience ; car ils ignoraient le sort qui leur était
réservé, et savaient qu'il dépendait du conseil du
curé. Ils ne pouvaient penser sans douleur à leur
séparation d'avec Lélio, leur libérateur. Il leur
était devenu cher, et ils lui étaient attachés par
les liens de la reconnaissance. L'idée de ne plus
le revoir les affligeait profondément.

Lélio, dont le cœur se rouvrait aux sentiments

généreux, aimait les trois enfants. Il se serait avec plaisir chargé de leur avenir, si des devoirs plus sacrés ne l'eussent appelé à Forli. Malgré l'empressement qu'il avait de rejoindre sa famille, il avait pris la résolution de ne se mettre en route qu'après avoir assuré le sort de ses protégés. Il était plongé dans ces profondes réflexions, quand il vit venir les trois enfants à sa rencontre.

Les charitables habitants de la chaumière traitèrent leurs hôtes de leur mieux, et quoiqu'ils ne pussent leur donner des lits moelleux, ils leur préparèrent un lit de mousse sur lequel ils dormirent parfaitement.

Bientôt il fit grand jour dans la chaumière. Etienne et Marie, accoutumés à se lever avec le soleil, furent aussitôt sur pied. La bonne ménagère apprêta le déjeuner de ses chers hôtes.

Après le repas, Lélio, Etienne, Pierre et Claudine se mirent en route pour se rendre chez le curé, qu'ils trouvèrent à sa porte.

— Vous voilà, leur dit-il en allant à leur rencontre, j'ai apporté de bonnes nouvelles du château. La comtesse consent à prendre les deux enfants, et à se charger de leur éducation. Entrez, mes bons amis, reposez-vous un instant, et nous

7

irons chez madame de Bernini. Ne vous étonnez
point de l'originalité de ses manières; car, à
part ces singularités, c'est une excellente dame,
et la bienfaitrice de tout le pays.

Après avoir pris un instant de repos, nos voyageurs se dirigèrent vers les montagnes, sous la
conduite du curé.

La route fut pénible, et ils arrivèrent très fatigués devant le château de la comtesse de Bernini.
C'était un antique édifice, entouré de murs soli-
des et de remparts élevés. La porte, à laquelle
conduisait un pont-levis, était fermée. Le curé,
qui connaissait la manière de s'annoncer, fit entendre un holà! bien retentissant, auquel on répondit par un :

— Qui est là?

— Ami!

— Votre nom?

— Le curé Leblanc, avec quelques personnes.

— C'est bien; je vais ouvrir, car j'en ai reçu
l'ordre, répondit la même voix. Aussitôt on entendit retentir les verroux; les portes s'ouvrirent,
et nos voyageurs entrèrent.

— Mon ami, ayez la bonté d'annoncer notre
arrivée à madame la comtesse, reprit le curé.

— Sur-le-champ, répondit le domestique en s'éloignant.

Il revint au bout de quelques instants, et dit aux voyageurs : Suivez-moi.

Ils se levèrent et suivirent leur introducteur.

Le château, ainsi que l'avait décrit le curé, était sombre et antique. Le vestibule ressemblait tellement à une église, que nos enfants joignirent involontairement les mains.

— Entrez, leur dit le domestique en ouvrant la porte d'un salon.

Ils se trouvèrent en présence de la comtesse. C'était une femme petite, déjà avancée en âge, vêtue à l'ancienne mode, mais avec une certaine recherche. Son antique robe de soie était garnie d'une riche dentelle. Elle portait sur le nez une paire de lunettes, et avait aux pieds des pantoufles rouges à hauts talons.

Les enfants qui, de leur vie, n'avaient rien vu de semblable, étaient saisis d'étonnement, et osaient à peine lever les yeux.

— Soyez le bienvenu, monsieur le curé. Sont-ce là les enfants ? demanda la comtesse.

— Oui, Madame.

— Asseyez-vous, monsieur le curé. Mes enfants, approchez.

Les enfants obéirent. La comtesse, non contente
de ses lunettes, tira de sa poche une lorgnette, et
examina des pieds à la tête nos pauvres orphelins,
qui étaient couverts de confusion. Elle les fit
tourner plusieurs fois pour examiner leur taille.

— Ton nom? demanda-t-elle à Pierre.

— Pierre.

— Et le tien? en s'adressant à Claudine.

— Claudine.

— Deux noms savoyards.

— Oui, Madame, répondit Pierre.

— Bien; tes parents?

— De pauvres pâtres de la montagne.

— Sont-ils morts?

— Hélas! oui, répondit Pierre en soupirant.
A ce triste souvenir, une larme roula sur ses
joues.

— Pauvres enfants!... Voulez-vous rester chez
moi! leur demanda-t-elle avec plus de douceur,
car elle avait remarqué leurs larmes.

— Bien volontiers, si madame la comtesse veut
se charger de nous, car nous n'avons aucune
ressource sur cette terre, répondit Claudine, que
la douceur de la voix de madame de Bernini
avait rendue plus hardie.

— C'est bien. Si vous êtes sages et que vous

vous conduisiez d'une manière convenable, vous resterez près de moi. Vous me plaisez.

— Cela me comble de joie, dit alors le curé. Ces pauvres enfants étaient menacés d'une telle misère. Ils n'ont plus rien à redouter, car je connais la générosité de votre cœur.

— Monsieur le curé, ces enfants resteront avec moi, et y seront bien, s'ils sont sages. Voulez-vous rester ici, ou bien retourner avec monsieur le curé? demanda-t-elle à Pierre.

— Madame, si vous le permettez, nous prendrons d'abord congé de notre cher Anselme, répondit Pierre.

— Bien; mais quel est cet Anselme?

— Notre bon ami, qui a fui avec nous de la caverne.

— Ah! ah! je me rappelle. Est-il bon garçon, votre petit chef de brigands?

— Il est très bon, et jamais il n'a dérobé, répondit Pierre, que l'épithète donnée par la comtesse à son cher Anselme affligeait sensiblement.

— Très bien; vous défendez votre ami. Cela me plait, je vois que vous êtes francs, et je vous en aime davantage : allons, allons, vous resterez chez moi.

Ainsi se termina cette première entrevue.

XVII. — Séparation des enfants.

Le vénérable curé accompagna nos amis à la chaumière d'Étienne, lorsqu'ils eurent quitté la comtesse, qui avait traité ses hôtes avec une grande bonté. Il avait l'intention d'emmener sur-le-champ son petit protégé, afin que l'entretien d'un aussi grand nombre de personnes ne devînt pas onéreux au bon et charitable Étienne.

Anselme, qui ignorait l'art de maîtriser ses sensations, et qu'on pourrait comparer à un diamant brut, avait déjà témoigné tant d'impatience en ne voyant pas revenir ses petits amis, qu'une femme moins douce que la bonne Mari se fût irritée contre lui.

Il l'assaillait de questions sur le nom et l'usage des objets qui frappaient sa vue, et lui laissait à peine le temps de répondre, que déjà il lui faisait une demande nouvelle. L'arrivée des enfants la délivra des importunités d'Anselme. Un cri de joie qu'il poussa en les voyant descendre la montagne lui annonça leur retour.

Quoique souffrant encore des blessures qu'il avait aux pieds, Anselme courut à leur ren-

contre, et leur témoigna sa joie par mille caresses.

— Vous voilà donc enfin! vous voilà donc!
s'écriait-il à chaque instant, et en essuyant quelques larmes qui s'échappaient de ses yeux, sans
que la présence de l'étranger pût modérer ses
transports.

— Voilà vraisemblablement mon petit sauvage?
dit en souriant le curé à Lélio.

— Oui, Monsieur, c'est lui; mais je puis vous
assurer que c'est un garçon d'un excellent natu-
rel, et plein de dispositions, répondit Lélio à voix
basse.

— Sa figure prévient en sa faveur, répondit le
curé; mais on ne peut pas espérer de ce petit ha-
bitant des cavernes de la bienséance, de la politesse, et toutes les qualités qui distinguent
l'homme qui a reçu une bonne éducation.

Quand on fut arrivé chez Etienne, Lélio présenta Anselme à son protecteur futur.

— Pierre et Claudine viendront-ils avec moi?
dit-il.

— Non, répondit Lélio; ils ont trouvé quelqu'un qui prendra soin d'eux; mais ils demeure-
ront près de chez ton protecteur, et tu les verras
plus souvent que si tu restais ici.

— Alors j'irai chez ce Monsieur; mais il faut que je voie mes amis tous les jours, tous les jours.

— Tu les verras souvent si tu te comportes bien, et que monsieur le curé soit content de toi.

— Eh bien! puisque je les verrai souvent, j'irai chez ce Monsieur.

— Donne-lui la main, mon cher Anselme, et aborde-le avec politesse.

Anselme s'approcha alors du curé, et lui tendit la main en disant : Tiens, voilà ma main.

— Bien, bien, mon fils, répondit le curé, nous serons toujours bons amis, n'est-il pas vrai?

— Oui, si tu es bon avec moi, je ne serai pas méchant avec toi. Mais écoute, il faut que je voie souvent Pierre et Claudine. Tu le veux bien, n'est-ce pas? Je les aime beaucoup, parce qu'ils ont toujours été bons envers moi.

— Allons, je vois que tu es reconnaissant, dit le curé, cela me plaît. Je te promets que tu les verras souvent, et tu peux être sûr que je serai bon envers toi, afin que tu m'aimes autant que tes amis.

— Dis-moi, je ne veux pas que tu me mettes dans un trou noir comme était notre caverne, où je ne verrais ni la lune ni le soleil; car j'aime à

les voir; ensuite il faudra que tu enfermes le méchant esprit, que Pierre appelle le vent, et qui
me fait grand peur. Dis-moi, le veux-tu?

— Mon cher Anselme, quand je le voudrais, je
ne le pourrais pas; mais je t'apprendrai quelle
est la cause du vent, de sorte que tu n'en auras
plus peur.

Ce court entretien avait acquis à Anselme l'affection de son protecteur, qui espérait, avec le
secours du Seigneur, en faire un homme vertueux. L'affabilité du curé, (qu'Anselme appelait
l'homme noir, à cause de la couleur de ses vêtements, lui avait gagné l'amitié de cet enfant. Il
le quittait à peine, surtout parce que cet excellent
homme ne se lassait pas de répondre à toutes ses
questions; ce qui plaisait beaucoup à notre
petit curieux.

Enfin l'heure de la séparation étant arrivée, le
curé dit à Anselme de prendre congé de ses amis
et de ses charitables hôtes et de le suivre avec
Lélio. Il avait invité ce dernier à venir chez lui,
parce qu'il espérait recevoir sous peu de jours un
passeport qu'il avait demandé, et au moyen duquel Lélio pourrait se rendre à Forli.

Quelle peine n'éprouvèrent pas les enfants en
se séparant! Quelle douleur ne ressentirent pas

Pierre et Claudine en quittant Lélio, leur bienfaiteur! Ce dernier leur promit solennellement que,
si Dieu lui conservait la vie, il les reverrait encore une fois; il ajouta avec émotion qu'il ne les
oublierait jamais.

Les caresses que se prodiguèrent les enfants
firent venir les larmes aux yeux des assistants.

— Viens, viens, mon fils, dit le curé à Anselme, en l'arrachant des bras de ses jeunes
amis. Celui-ci se décida enfin à le suivre.

Les enfants, éplorés, suivirent des yeux leur
cher Anselme. Celui-ci se retournait à chaque
instant et s'arrêtait pour les regarder. Quand
il eut disparu, Pierre et sa sœur rentrèrent tristement dans la chaumière.

Pour les consoler et les distraire, Etienne les
conduisit dans son jardin et leur permit de cueillir les fruits qui étaient mûrs; mais ni les pêches
délicieuses, ni les figues parfumées, ne flattaient
leur goût et ne calmaient leur douleur.

Ils furent contents de voir arriver le soir pour
se retirer dans leur chambre, où ils purent librement s'entretenir de leur cher Anselme, et pleurer leur séparation; mais comme l'orage qui
avait grondé la nuit précédente avait effrayé leur
ami, dont l'agitation les avait empêchés de re-

poser, et qu'ils étaient fatigués de leur visite au château de la comtesse, ils ne tardèrent pas à s'endormir. Un songe ravissant embellit leur sommeil. Ils se trouvaient dans la chaumière de leurs parents, près de leur excellent grand-père, et goûtaient le bonheur de leurs premières années.

Laissons-les plongés dans ce rêve enchanteur, et suivons notre Anselmo dans son voyage au presbytère.

Sa douleur était si grande qu'il ne proférait pas un seul mot, et ses compagnons, respectant son chagrin, le laissaient cheminer sans lui adresser la parole. Comme un unique sentier conduisait au presbytère, et qu'il ne pouvait pas s'égarer, le curé et Lélio le suivaient en causant.

Ils arrivèrent enfin à la porte du presbytère, dont la situation était ravissante. La bonne Marianne, la servante du curé, les attendait.

— Mon cher Anselme, c'est ici que tu vas habiter désormais, lui dit le curé en le prenant par la main.

— Ah! mon Dieu, je vois à la porte la méchante Isabelle, s'écria Anselme avec effroi; si elle ne se retire pas, je ne veux pas entrer.

— Ce n'est point Isabelle, reprit le curé en sou-

riant ; car on m'a raconté ce matin qu'elle était
morte depuis longtemps. C'est la bonne Marianne,
qui aura bien soin de toi.

— Est-ce bien sûr qu'elle ne me fera pas de
mal? dit Anselmo en regardant avec timidité du
côté de Marianne.

— Je te promets, lui dit le curé, qu'elle est
aussi bonne que la femme d'Etienne.

Ses exhortations et celles de Lélio déterminè-
rent enfin Anselmo à entrer au presbytère.

L'ordre le plus admirable régnait dans cette
maison; ils trouvèrent en entrant une table pro-
prement servie, et trois couverts.

Marianne apporta la soupe, et Anselmo aurait
sans doute été effrayé de son approche si une
horloge qui se trouvait dans cette chambre
n'avait attiré son attention. Il avait déjà vu des
montres, car souvent les brigands en rappor-
taient, même de fort riches, de leurs expéditions;
mais jamais il n'avait vu le mouvement de va-et-
vient du balancier; aussi était-il dans l'étonnement le plus profond.

— C'est une horloge, lui dit le curé, qui s'amusait de sa surprise.

— On ne peut pas la mettre dans sa poche?

— Non, elle est trop grosse pour cela; elle reste toujours pendue au mur.

— Qu'est-ce qu'il y a donc dans ce grand morceau de fer, demanda-t-il en montrant le balancier, pour qu'il remue comme cela? Il faut qu'il y ait dedans quelqu'un qui le pousse?

— Non, mon fils, il est mis en mouvement par un rouage. Plus tard je t'expliquerai le mécanisme des horloges.

— C'est aussi le bon Dieu qui a fait les horloges?

— Dieu a donné aux hommes l'adresse nécessaire pour les fabriquer; mais c'est lui qui fait croître le bois dont est construit le coffre qui renferme l'horloge, et grossir les métaux dont sont faits les rouages. Enfin, sans le secours de Dieu, nous serions des créatures ignorantes et misérables.

— Je te comprends. Il faut que j'apprenne encore beaucoup de choses avant de savoir tout.

— Mon cher enfant, tu ne pourras jamais tout savoir; mais si tu écoutes attentivement mes leçons, tu apprendras ce qu'il est indispensable que tu saches.

— Je t'écouterai de mon mieux.

— Appelle-moi Père, mon petit ami, lui répon-

dit le curé. Allons, mettons-nous à table, la soupe
se refroidit, nous devons tous avoir grand'faim.

Anselme et Lélio prirent place à la table du
curé.

Marianne, qui avait prévu que les voyageurs
auraient besoin d'un repas solide, s'était surpassée dans la préparation des mets. Aussi Anselme,
qui n'était pas accoutumé à une si bonne chère,
trouva-t-il le dîner excellent.

XVIII. — Pierre et Claudine chez leur protectrice.

Le lendemain de leur séparation d'avec Anselme, les enfants se rendirent, sous la conduite
d'Etienne, chez la comtesse de Bernini, où ils
arrivèrent après deux heures de marche.

Ils furent introduits dans le château avec les
mêmes formalités que la première fois. Le vieil
Henri les annonça à la comtesse, près de laquelle
ils ne tardèrent pas à être admis.

— Allons, vous voilà, soyez les bienvenus.
Vos chambres sont déjà préparées. J'ai pensé à
vous procurer des habits convenables; car les
vôtres, mes chers enfants, se sentent de votre

séjour dans la caverne des brigands. J'ai envoyé ce matin un domestique à Genève, et il reviendra vraisemblablement ce soir, avec les vêtements que je lui ai donné l'ordre d'apporter.

Les deux enfants, qui n'avaient pas songé jusqu'alors à l'état de délabrement dans lequel étaient leurs habits, furent pleins de confusion quand ils jetèrent les yeux sur leurs pauvres vêtements.

— Hélas! Madame, lui répondit Claudine en soupirant, tant que j'ai eu du fil et des aiguilles, j'ai eu grand soin de raccommoder nos vêtements; mais une fois que j'ai été privée de cette ressource, il a fallu, à mon grand regret, que je les laisse tomber en lambeaux.

— Mon enfant, reprit la comtesse, je n'ai pas eu l'intention de vous faire un reproche; mais demain tout le mal sera réparé. Maintenant, retirez-vous dans vos chambres, où le domestique va vous conduire. Elles sont voisines l'une de l'autre, ce qui vous sera sûrement très agréable. Vous pouvez regarder ce qu'elles renferment comme votre propriété. Allez, c'est mon heure de lecture, et je ne renonce pas volontiers à mes habitudes. Henri, conduisez ces enfants et ayez soin de faire rafraîchir Etienne, à qui mon château sera ouvert chaque fois qu'il voudra visiter ses petits protégés.

En achevant ces mots, elle leur fit une légère inclination de tête, et reprit sa lecture.

Etienne et les enfants s'éloignèrent. Leur séparation d'avec leur bon hôte fut touchante. Ils le remercièrent de son hospitalité, et le prièrent de venir les visiter aussi souvent que ses travaux le lui permettraient. Il le leur promit, et ils se séparèrent. Henri chargea un autre domestique du château d'avoir soin d'Etienne, et conduisit les enfants dans les chambres qui leur étaient destinées. Elles étaient un peu tristes et antiques, mais garnies d'une foule de petits objets dont nos pauvres montagnards ne connaissaient pas l'usage. Il y avait dans chaque chambre un lit moelleux, couvert de draps fins et d'un blanc de neige; une table, une chaise, une commode, un pupitre à écrire, avec un cartel; une grande glace, une toilette et une petite bibliothèque, dans laquelle ils trouvèrent plusieurs livres de prières.

Claudine trouva en outre une jolie boîte à ouvrage, garnie de tous les objets nécessaires à la couture. Elle aurait pu alors raccommoder à son aise ses vêtements et ceux de Pierre, s'ils n'en avaient pas attendu de nouveaux.

— Comment! s'écria Claudine avec joie, nous allons habiter ces belles chambres?

— Oui, mes enfants, leur dit Henri; madame la comtesse le veut ainsi. Si vous vous conduisez bien, elle fera plus encore pour vous. Je vous conseille d'obéir ponctuellement à ses ordres, et de n'opposer aucune résistance à ses volontés, quelque bizarres qu'elles puissent vous paraître. Madame la comtesse est grande amie de l'ordre et de la propreté. Un peu de poussière sur les meubles, les moindres taches sur les vêtements suffiraient pour l'irriter. Il ne faut pas non plus la troubler dans ses habitudes, ni causer le moindre désordre dans la maison, sans quoi elle se met en colère. Tout, dans ce château, se fait aux mêmes heures; c'est pourquoi vous y voyez un grand nombre de pendules.

— Mon cher Henri, répondit Pierre, je vous remercie de vos conseils. Nous mériterons, par notre conduite, les bontés de notre bienfaitrice. Nous sommes de pauvres enfants élevés à l'école du malheur, et dans la société corrompue au milieu de laquelle nous avons vécu, nous avons pris l'habitude d'obéir à une volonté même injuste;

ainsi, nous serons toujours prêts à voler au-devant des moindres désirs de madame de Bernini.

— Tu raisonnes d'une manière très sensée, mon cher Pierre, reprit Henri. J'espère que vous serez heureux ici, et je le désire de tout mon cœur. Mais il est midi et demi; il faut que je vous quitte pour aller dresser la table. Je vous appellerai quand le dîner sera servi; car notre maîtresse veut que vous diniez à sa table. Occupez-vous dans vos chambres jusqu'à l'heure du dîner.

Henri se retira, et les enfants restèrent seuls; au bout d'une demi-heure, il revint les prévenir de le suivre chez la comtesse.

— Nous avons honte, lui dit Claudine, de paraître à table avec ces misérables vêtements, et nous préférerions manger ici un morceau de pain sec.

— Pas de réflexions, lui dit Henri, suivez-moi, si vous ne voulez arriver trop tard.

Les enfants obéirent et entrèrent avec timidité dans la chambre de leur bienfaitrice. Au même instant une heure sonna, et une pendule à musique commença à faire entendre un air mélodieux.

Jamais ils n'avaient entendu de pendule à musique, aussi furent-ils très surpris.

— Cela est joli, n'est-il pas vrai? leur dit la comtesse en souriant. Allons, mettez-vous à table et faites votre prière avant le repas. Je pense que votre séjour dans la caverne ne vous l'aura pas fait entièrement oublier? Mes enfants, il faut én toutes choses commencer par Dieu.

Pierre récita son *Benedicite,* tandis que Claudine et la comtesse, les mains jointes, l'écoutaient avec recueillement.

— Maintenant à table, et pas de timidité; ce qui est ici vous est offert de bon cœur.

Les enfants ne se le firent pas dire deux fois. Ils mangèrent avec un appétit qu'avait aiguisé la longueur du chemin qu'ils avaient parcouru. La comtesse le remarqua avec satisfaction; elle-même parut prendre à ce repas plus de plaisir que quand elle était seule à table.

Après le dîner, elle ordonna aux enfants de la suivre dans le jardin.

— C'est l'heure, dit-elle, où j'aime à me promener quand le temps le permet; je veux en profiter pour vous montrer les dépendances du château. Mes enfants, vous aurez aussi un petit jardin que vous cultiverez à votre fantaisie, c'est-àdire dans vos heures de loisir ; car il vous faudra travailler : celui qui est oisif mène une vie ennuyeuse. J'ai l'intention de vous faire donner une bonne éducation, et j'ai écrit à mon homme d'affaires de vous chercher à Genève un professeur habile. Comme Dieu vous a conduits vers moi, je ne veux négliger aucun moyen de vous rendre bons et instruits ; si vous ne profitez pas des leçons qui vous seront données, si le bon exemple est perdu pour vous, vous ne pourrez accuser que vous, si vous êtes moins heureux que j'aurais voulu que vous le fussiez.

— Nous serons sages, studieux et reconnaissants, s'écria Pierre. Nous avons toujours vivement désiré qu'une bonne éducation vînt nous mettre en état de gagner honorablement notre vie ; comment pourrions-nous aujourd'hui repousser un bien que nous avons plus d'une fois demandé à Dieu ?

— Tu parles sensément, mon fils, lui répondit sa bienfaitrice avec affabilité ; que Dieu bénisse ta résolution.

— Et moi aussi, Madame, je serai obéissante et studieuse, dit Claudine avec timidité.

— Bien, mon enfant, j'accepte ta promesse et j'espère que tu la tiendras ; mais nous voilà dans

le jardin, vous allez y voir des choses nouvelles
pour vous.

Le jardin, qui était contigu à un parc, était
vaste et bien entretenu. Un beau jet d'eau cap-
tiva principalement l'attention des deux enfants,
qui ne pouvaient se lasser de l'admirer. La comtesse, qui s'amusait de leur étonnement, leur ex-
pliqua comment la pression de l'air faisait jaillir
l'eau à une si grande hauteur. Les enfants l'écoutaient avec attention; leur bienfaitrice leur permit de cueillir les fruits dont les arbres de ce
jardin étaient chargés. Ils le firent, mais avec une
réserve qui satisfit la comtesse.

Madame de Bernini les conduisit ensuite vers
une volière où se trouvaient réunis un nombre
prodigieux d'oiseaux de toutes sortes. Cette volière était si grande qu'on avait pu y planter des
arbustes; et ses petits habitants, nonobstant la
perte de leur liberté, voltigeaient en gazouillant
de branche en branche.

— Oh! Pierre, que c'est beau! s'écria Claudine avec joie. Vois comme ils sont jolis, entends-
tu comme ils chantent bien?

— Si cela te plaît et que tu me promettes de
t'acquitter soigneusement de ton emploi, l'entretien de ces oiseaux te sera confié, lui dit la com-

tesse ; il faudra que tu veilles à ce que rien ne
leur manque, et que la volière soit dans un état
constant de propreté ; cela te convient-il ?

— Oui, oui, Madame, vous pouvez être assurée
que rien ne leur manquera !

— J'ai pour toi, mon cher Pierre, une occupation non moins agréable, dit la comtesse à
Pierre ; la basse-cour et tous ses habitants seront confiés à tes soins, et j'aime à croire que tu
ne les laisseras manquer de rien.

— Madame, j'en aurai le plus grand soin, répondit Pierre.

— Allons, voilà déjà quelque chose de fait
pour votre délassement ; nous trouverons encore
pour vous d'autres occupations qui vous seront
tout aussi agréables, dit la comtesse. En disant
ces mots, elle regarda la montre qui pendait à son
côté. Ma promenade est finie, continua-t-elle ;
amusez-vous jusqu'à ce que je vous fasse appeler.
Comme vos leçons ne commenceront pas encore,
tâchez de passer votre temps le plus agréable-
ment qu'il vous sera possible jusqu'à l'arrivée de
votre maître. Ayez soin seulement de vous trouver près de moi aux heures que je vous ai indi-
quées sur votre tablette ; Henri a dû vous dire

que j'estime par-dessus tout l'ordre et la ponc-
tualité.

Les enfants lui promirent de se conformer à ses
désirs, et madame de Bernini se hâta de quitter
le jardin.

— Qu'elle paraît bonne! s'écria Claudine,
quand la comtesse fut assez loin d'eux pour ne
pouvoir entendre leurs paroles; car ces deux enfants ignoraient l'art de la flatterie.

— Avec quelle bienveillance elle nous parle,
quoique nous ne soyons que de pauvres pâtres,
ajouta Pierre.

— Ayons soin, mon cher Pierre, de ne rien
faire qui puisse lui déplaire.

— Si nous agissions autrement, nous serions
indignes des bontés de Dieu et de la protection de
notre bienfaitrice.

Les enfants, se tenant par la main, se prome-
nèrent dans les allées du jardin; et quoique les
fruits les plus délicieux se présentassent à leur
vue, ils étaient trop pénétrés de leur devoir pour
en cueillir un seul, quoiqu'ils ignorassent que
leur bienfaitrice, qui ne les connaissait pas encore, les eût fait observer par Henri, qui, monté
sur la terrasse du château, épiait toutes leurs
actions. Il leur suffisait de savoir qu'ils étaient

vus de Dieu pour ne faire aucune chose répré-
hensible.

— Si bon-papa savait comme nous sommes
heureux! dit Pierre à sa sœur en poussant un
soupir. Il est, j'en suis sûr, inquiet sur notre sort,
tandis que tout nous sourit.

— Pourvu qu'il soit encore vivant, dit Claudine. Quelle douleur si nous ne devions jamais le
revoir!

Un soupir fut la réponse de Pierre, qui, en son-
geant à l'âge de son grand-père, pensa que vraisemblablement il avait terminé sa carrière.

— S'il est mort, dit-il après une pause et d'un
ton plein de douleur, il veille sur nous du haut
des cieux, ainsi que nos pauvres parents, et tous
les trois se réjouissent de notre bonheur.

— Cette pensée est pour moi une douce con-
solation, mon cher Pierre; sans elle la mort de
ceux qui nous sont chers nous attristerait bien
plus profondément encore!

— Que fait notre cher Anselme chez le curé?
dit Pierre; je désirerais savoir s'il s'y plaît.

— Je doute qu'il s'accommode de ce nouveau
genre de vie; car il ne sait pas encore se plier à
la volonté des autres hommes. Dans la caverne,
il faisait ce qu'il voulait et personne ne lui disait

qu'il faut qu'un enfant obéisse à ceux qui sont plus sages et plus expérimentés que lui.

— Comme il a le cœur bon et l'esprit pénétrant, il ne tardera pas à en sentir la nécessité. Au reste, son protecteur sait bien que s'il est dans l'ignorance ce n'est pas de sa faute ; il usera d'indulgence envers lui pour le ramener peu à peu dans la bonne voie.

— Que Dieu le veuille ! Je suis bien désireuse d'apprendre de sa propre bouche comment il se trouve dans sa nouvelle position.

XIX. — Anselme chez son protecteur.

Les appréhensions de Pierre et de Claudine au sujet d'Anselme étaient bien fondées ; car dans plus d'une circonstance il était très difficile à conduire, et il fallait toute la douceur et toute la patience du respectable curé pour en venir à bout.

Il était impossible de le retenir à la maison ; il voulait toujours être dehors, quelque temps qu'il fît. Il n'y avait que le vent qui, malgré les représentations de son père adoptif, lui causait toujours une vive frayeur. Il s'empressait alors

8

de se réfugier près de lui en le priant de le défendre contre ce malin esprit. Il était impossible
de le décider à descendre dans la cave, où se trouvait la cuisine. Les prières et les menaces restaient également sans effet.

— Non, non, je ne descendrai jamais dans ta
caverne, répondit-il un jour à son bienfaiteur,
qui le priait d'aller lui chercher une carafe
d'eau.

— Mon cher enfant, ce n'est pas une caverne,
mais une partie de la maison aussi bien que
cette chambre, si ce n'est qu'elle est un peu plus
sombre.

— Peu m'importe. Je n'aime pas non plus la
vieille Marianne ; elle se tient toujours dans ta
caverne, comme la vieille Isabelle dans celle de la
montagne.

— Marianne est bonne et bienveillante envers
toi, ainsi qu'envers tout le monde.

— Je n'aime pas sa figure, elle est aussi vieille
que la méchante Isabelle.

— Mon ami, il ne faut pas voir seulement le
visage, mais le cœur.

— Le cœur, je ne peux pas le voir ; par consé-
quent il m'est indifférent qu'elle ait le plus beau
cœur du monde.

— Il est vrai que tu ne peux pas voir le cœur de Marianne; mais on ne juge pas le cœur des hommes d'après sa forme, mais d'après leurs actions. On dit de celui qui est bon et bienfaisant, qu'il a un bon cœur; et comme Marianne possède toutes ces qualités, on peut donc en dire autant d'elle; n'est-il pas vrai?

— Je ne te comprends pas; mais malgré le bon cœur de Marianne, cela n'empêche pas que je ne l'aime guère.

— Avec le temps tu apprendras à la connaître, et je suis sûr que tu l'aimeras.

Comme Anselme ne connaissait pas le droit de possession, il était toujours disposé à s'approprier ce qui lui convenait. A table, il prenait sans façon les meilleurs morceaux qui se trouvaient sur le plat; plus d'une fois même il voulut prendre les mets sur l'assiette de son bienfaiteur : ce à quoi celui-ci s'opposa.

Dans le jardin, dont les arbres étaient chargés de fruits, il cueillait tous ceux qui lui plaisaient. Dans le principe on ne s'y serait pas opposé, si l'on n'avait craint qu'un usage excessif des fruits n'eût un effet pernicieux pour sa santé.

—Pourquoi donc ne mangerais-je pas ces fruits, puisqu'ils sont ici? demanda-t-il un jour à son bienfaiteur, qui voulait réprimer sa gourmandise.

— D'abord parce que tu ne tarderais pas à être malade si tu en mangeais trop; ensuite, parce que j'ai le droit de te défendre de me prendre *mes* fruits.

— *Tes* fruits? dit Anselme avec surprise. Ne sont-ils donc pas aussi bien à moi qu'à toi? Qui est-ce qui te les a donnés?

— Dieu, mon enfant; ensuite ils sont à moi parce que c'est moi qui les ai plantés; ou parce que le gouvernement, en me donnant cette maison, m'a donné les arbres que renfermait le jardin.

— C'est extraordinaire; je ne te comprends pas.

— Ote ta veste et donne-la moi, je veux l'avoir.

— Ma veste! je ne veux pas te la donner, elle est à moi, et j'en ai besoin pour me couvrir.

— Tu reconnais donc que ta veste t'appartient, que c'est ta propriété?

— Sans doute, puisque c'est papa qui me l'a donnée quand j'étais dans la caverne.

— Mon fils, c'est ainsi que Dieu et l'Etat m'ont donné la maison que j'habite et le jardin qui en dépend. Me comprends-tu maintenant?

— Je commence à te comprendre. Tu ne veux

pas me donner de tes fruits; je les aime pourtant bien ?

— Tu en auras demain si tu m'en demandes; mais aujourd'hui je ne t'en donnerai pas, dans la crainte que tu n'en sois incommodé.

— Mais si j'en prenais?

— Tu commettrais alors une action blâmable; tu volerais.

— Je ne veux pas voler, parce que Pierre m'a souvent dit que c'était offenser le bon Dieu.

— Bien, mon enfant; si tu conserves ces sentiments, tu deviendras un homme vertueux. Voudrais-tu avoir un jardin à toi?

— Oui, papa; mais qui est-ce qui me le donnera?

— Moi; tiens, vois ce petit carré dont les plates-bandes sont chargées de fleurs, et qui est fermé par une haie de groseillers, il est à toi, ainsi que tous les arbres à fruits qu'il renferme. Je te recommande seulement de ne pas manger les fruits en un seul jour, parce qu'il ne t'en resterait plus.

— Je te remercie, papa; tu es bien bon, s'écria l'enfant avec joie. Comment! ce joli petit jardin est à moi, tout-à-fait à moi?

— Oui, mon cher Anselme, mais sous la condition que tu en auras bien soin. Personne ne pourra cueillir tes fleurs ni tes fruits; et toi, tu devras les ménager pour en jouir plus longtemps.

Anselme promit tout ce que son protecteur voulut; mais, peu de jours après, il parut avoir oublié la leçon qui lui avait été donnée sur l'inviolabilité de la propriété; car il joua plus d'un méchant tour à son père adoptif, tandis que celui-ci vaquait à ses occupations.

Le curé Leblanc était grand amateur de fleurs; son jardin était orné des espèces les plus rares; mais aucune ne lui plaisait plus que l'œillet, à cause de ses riches couleurs. Il en avait une collection nombreuse qu'il élevait en pots avec le plus grand soin.

A l'époque où se passaient ces événements, les œillets brillaient de tout leur éclat; et chaque matin le bon curé allait visiter ses chères fleurs pour jouir de leur beauté.

Le hasard voulut qu'Anselme se trouvât dans le voisinage des œillets, un jour où personne ne veillait à ses actions.

— Qu'ils sont beaux ! se dit-il, et qu'ils répandent une odeur agréable ! ceux de mon jardin ne sont pas si jolis, et je ferai bien d'y planter ceux-ci.

Aussitôt dit, aussitôt fait; notre petit brouillon transporta l'un après l'autre les œillets dans son jardin, les ôta du pot, et après avoir fait avec une bêche une rangée de trous dans ses plates-bandes, il y planta les œillets. Rien n'égala sa joie en voyant ces charmantes fleurs décorer son petit parterre. A peine eut-il achevé ce travail qu'il entendit la voix de son bienfaiteur qui l'appelait à l'entrée du jardin.

Il se hâta de se rendre à sa voix, bien convaincu de n'avoir rien fait qui pût lui valoir une réprimande. Mais le curé s'était déjà aperçu de la disparition de ses œillets, et craignant quelque malheur, il demanda à Anselme ce qu'ils étaient devenus.

— Viens, je vais te les montrer; je les ai plantés dans mon jardin.

— Dans ton jardin! s'écria le cure, et pourquoi cela?

— Parce qu'ils étaient plus beaux que les miens.

— Tu m'as pris mes œillets sans m'en demander permission?

— C'est vrai, je l'ai oublié; mais ne te fâche pas, je ne le ferai plus; et je vais te rendre tes œillets, si tu le veux.

— Certainement, car tu ne sais pas comment on soigne des fleurs si précieuses.

— Je vais me dépêcher de les remettre dans les pots.

— Malheureux ! s'écria le curé avec effroi, tu les as ôtés des pots? ils sont perdus !

La douleur que témoigna le curé affligea le pauvre Anselme, qui avait un bon cœur et n'aimait à chagriner personne. Le mal était fait, et le curé en fut quitte pour perdre quelques-uns de ses plus beaux œillets, que fit périr cette transplantation intempestive. Anselme lui promit, en versant des larmes, qu'il ne toucherait jamais à ses fleurs ; et son père adoptif, touché de son repentir, lui pardonna son étourderie.

Quand Anselme se fut familiarisé avec les objets nouveaux qui s'offraient sans cesse à sa vue, son père adoptif commença à lui donner des leçons et fut aussi content de l'assiduité et des dispositions de son élève, qu'il l'avait été peu de son jardinage. Anselme était plein du désir de s'instruire, et faisait chaque jour des progrès qui étonnaient son bienfaiteur.

Les bontés du curé pour son élève étaient si grandes que sa nouvelle position ne tarda pas à lui plaire ; il s'accoutuma même peu à peu à la vieille Marianne, qui finit par gagner son affection à force de soins et de complaisances. Il ne voulait seulement pas descendre dans la cave, malgré les remontrances du bon curé, pour lui faire comprendre le ridicule de sa frayeur. Enfin celui-ci imagina, pour vaincre sa répugnance, de lui promettre de le mener voir Pierre et Claudine, dès qu'il serait allé à la cave.

Ce moyen réussit : Anselme sut assez maîtriser sa frayeur pour descendre dans la demeure souterraine de la bonne Marianne ; mais il ne s'y arrêta pas longtemps et remonta plus vite qu'il n'était descendu.

Il rentra en haletant dans la chambre, et demanda à son bienfaiteur l'exécution de sa promesse. Le curé fixa le voyage au lendemain. La joie de revoir ses amis empêcha Anselme de fermer les yeux ; il n'osait pas s'endormir, dans la crainte de se réveiller trop tard.

Dès que le jour parut, il s'habilla et alla trouver le curé, qui dormait encore profondément. Il le réveilla, et le pria de s'habiller, et de partir sur-le-champ pour le château de la comtesse.

XX. — La visite.

Anselme était au comble de ses vœux. On arriva au château de la comtesse, et le curé se fit annoncer.

— Prenez la peine de descendre au jardin, lui dit le domestique. Madame la comtesse, les deux enfants et leur gouverneur y sont déjà, et si vous le permettez je vais vous y conduire.

— Bien volontiers, mon ami, lui répondit le curé. Quand ils furent dans le jardin, ils virent Pierre et Claudine venir à leur rencontre; car il leur tardait de revoir leur cher Anselme. Celui-ci les reconnut à peine sous leurs nouveaux habits.

— Ce ne sont pas eux, dit-il à son bienfaiteur en les voyant approcher; je ne connais pas ces enfants-là.

— Si, mon ami, ce sont eux; il n'y a de changé en eux que les vêtements.

Anselme put bientôt se convaincre que c'étaient réellement ses amis; car ils ne tardèrent pas à le presser dans leurs bras. Tous trois répandaient des larmes de joie. Anselme! Pierre! Claudine!

s'écrièrent-ils à la fois. Leur entrevue fut des plus touchantes.

Quand le curé se fut éloigné pour aller présenter ses hommages à la comtesse, les enfants causèrent plus librement ; car la vue d'un étranger les gênait.

— Nous sommes bien heureux ici, lui dirent les enfants. Nous avons trouvé la protectrice la plus bienfaisante du monde. Nous pouvons apprendre autant que nous le voulons ; car notre bienfaitrice nous a donné, dans M. Antoine, un excellent gouverneur. Il se donne mille peines pour nous instruire, et il est plein de bontés pour nous.

— Papa aussi est bien bon pour moi, je l'aime bien, leur dit Anselme ; mais j'aimerais mieux être avec vous. Demandez à votre comtesse si je puis rester ici.

— Mon cher Anselme, répondit Pierre, cela est impossible, et malgré le plaisir que nous ressentirions de t'avoir près de nous, je te prie de n'en pas parler à madame de Bernini.

— Ton protecteur se fâcherait de cette demande, lui dit Claudine.

— Oh ! cela m'inquiète peu, reprit le petit sauvage ; il n'est pas longtemps en colère contre moi. Quand j'ôtai ses œillets des pots pour les planter dans mon jardin, il se fâcha bien fort; mais quelques heures après il n'y pensait plus. Je vous assure qu'il est bien bon, bien bon.

— C'est pour cette raison que tu dois éviter tout ce qui peut lui faire de la peine, lui dit Pierre.

— Tu as raison; mais j'ai toujours peur de la vieille Marianne qui habite le vilain trou noir qu'elle appelle sa cuisine; elle me rappelle Isabelle, et c'est à cause de cela que j'aime mieux rester ici.

— Voilà notre bienfaitrice, dit Claudine avec un certain embarras; car elle craignait l'étourderie d'Anselme, et sa crainte ne fut pas vaine. A peine Anselme l'eut-il aperçue se dirigeant vers eux avec le curé et le gouverneur des enfants, qu'il alla à sa rencontre, lui prit la main et lui dit :

— Dis donc, la vieille, c'est toi la comtesse, n'est-ce pas ?

— Oui, mon ami, je la suis, répondit madame de Bernini en souriant de la singulière apostrophe d'Anselme.

— Eh bien! reprit Anselme sans se déconcerter, je veux rester ici, j'aime mieux ta maison que celle de papa; elle est bien plus jolie, et puis Pierre et Claudine y sont.

— Anselme! Anselme! s'écria le curé avec impatience. Voilà encore de tes tours.

— Ne te fâche pas, mon petit père, lui dit-il en lui prenant la main; tu sais bien que je t'aime, et pour que nous ne nous quittions pas, tu n'as qu'à rester ici. La maison et le jardin sont, je l'espère, assez grands pour nous tous. N'est-ce pas, la vieille, qu'il peut rester ici? Nous vivrons tous ensemble et nous serons bien contents. Quant à la vieille Marianne, nous n'avons pas besoin d'elle, elle peut rester dans sa vilaine cuisine.

— Madame, pardonnez sa naïveté, dit le curé à la comtesse.

— Sa franchise m'amuse, dit la comtesse; laissez-le babiller à son aise.

— Il ne connaît encore aucune des lois de la bienséance, reprit le curé, et son langage est l'expression de sa pensée.

— Ah! ah! voilà Pierre et Claudine, s'écria Anselme en volant à leur rencontre. Quand ils eurent rejoint la société, il dit à madame de Bernini:

— Ils m'ont assuré que tu es bien bonne, et c'est pourquoi je veux rester chez toi.

— Ce sont aussi d'excellents enfants, leur obéissance et leur assiduité me causent la plus vive satisfaction, répondit la comtesse en jouant avec les longues boucles de la brune chevelure de Claudine. Celle-ci lui baisa la main avec émotion. Oui, Messieurs, continua madame de Bernini en se tournant vers le curé et le gouverneur, après que les enfants se furent éloignés, c'est le ciel qui m'a envoyé ces aimables enfants pour égayer ma solitude et réjouir ma vieillesse. Je sens que je suis tout autre depuis qu'il sont ici, et, dans la crainte de les gêner, j'ai déjà renoncé à plus d'une habitude que j'avais contractée dans ce séjour. Ma première pensée est pour eux, et ils méritent aussi toute mon affection; ils sont si bons, si dociles et si pieux, que j'ai l'espérance d'en faire des hommes vertueux.

— Dieu vous récompensera de votre charité envers ces pauvres orphelins, répondit le curé.

— Mais vous, M. le curé, que faites-vous de votre petit sauvage? demanda la comtesse en souriant.

— Il est encore à peine civilisé; il est entièrement étranger aux usages de la société; mais

j'espère en faire un homme de bien, car je dé-
couvre chaque jour en lui les plus heureuses dispositions, qui, avec de la culture, réaliseront mes
espérances. Ce qui me plaît surtout en lui, c'est
la franchise de son caractère; son amour pour la
vérité est si grand, qu'il n'a aucune idée du mensonge. Vous voyez, Madame, que j'ai tout lieu
d'espérer que mes soins ne seront pas infruc-
tueux.

— Vous avez raison, M. le curé, l'amour de la
vérité est la plus belle et la plus précieuse de
toutes les vertus, et le mensonge est le plus hon-
teux des vices.

Pendant ce temps les enfants parcouraient le
parc et le jardin, et avaient beaucoup de choses à
montrer à Anselme. Leur petit jardin, la volière,
le colombier, la basse-cour, l'escarpolette, l'écu-
rie, fixèrent tour à tour l'attention d'Anselme,
qui ne pouvait se lasser de voir ces merveilles.
Mais il n'en persista pas moins à rester chez la
comtesse et à ne pas se séparer de ses petits
amis. Pour arriver à ses fins, il imagina un stra-
tagème dont il attendait un heureux succès.
Lorsque l'heure de retourner au presbytère fut
venue, Anselme avait disparu.

En vain l'appelait-on de tous les côtés, il ne se

faisait ni voir ni entendre. On peut se figurer la douleur de Pierre et de Claudine, qui craignaient déjà qu'il ne lui fût arrivé quelque malheur, quand tout-à-coup on entendit Henri s'écrier : Le voilà! le voilà!

Chacun s'empressa de courir au lieu d'où partait la voix, et l'on trouva Henri et Anselme. Ce dernier était un peu contrarié de voir sa ruse découverte. Henri l'avait trouvé dans la basse-cour, où il s'était caché dans l'espoir que son père adoptif partirait sans lui et qu'il resterait avec ses petits amis.

Ce fut là que le découvrit Henri, que le hasard conduisit dans cet endroit.

— Mon cher enfant, lui dit le curé, quelle frayeur tu nous as faite. Comment as-tu pu te résoudre à nous causer une si vive inquiétude?

— C'est que je voulais rester ici, répondit le petit fugitif avec un peu de confusion.

— Cela ne se peut pas, mon ami. Allons, dis adieu à tes amis, et partons; car il est déjà tard, et Marianne, à qui j'ai promis que nous reviendrions de bonne heure, doit commencer à s'inquiéter.

Comme Anselme n'avait rien de mieux à faire qu'à obéir, il quitta en pleurant Pierre et Claudine, qui versaient aussi des larmes, et que la comtesse consola en leur promettant qu'Anselmo reviendrait quand son père adoptif le lui permettrait. Ils se dirent de nouveau adieu et se séparèrent.

XXI. — La fête de Noël.

L'été avait fait place à l'automne ; les fleurs et les fruits avaient disparu, et le feuillage jauni des arbres annonçait le départ des beaux jours. Nos enfants continuaient de goûter dans leur paisible retraite la félicité la plus pure. Anselme lui-même commençait à s'accoutumer à sa nouvelle position ; et il faut dire à sa louange qu'il était plus posé. Il n'appelait plus la comtesse la vieille, dans ses visites au château ; il ne se cachait plus dans la basse-cour pour rester avec ses petits amis, et il vivait en bonne intelligence avec la vieille Marianne, qu'il visitait souvent dans sa cuisine, dont il n'avait plus peur.

Son bienfaiteur était très content de ses progrès. Ses connaissances se perfectionnaient chaque jour ; il respectait le droit de propriété, et ne transplantait plus sans permission les fleurs du curé dans son jardin.

Vers le milieu du mois d'octobre, le curé reçut une lettre de Lélio, qui lui annonçait qu'il avait eu le bonheur de trouver ses parents encore vivants. Il en avait obtenu son pardon, et aujourd'hui il les nourrissait du travail de ses mains.

Le curé communiqua cette nouvelle à son fils adoptif, qui en ressentit une grande joie; mais il lui cacha la fin de cette lettre, afin de ménager sa sensibilité.

Lélio lui annonçait que le capitaine Giacomo avait été pris avec une partie de sa bande, et que ces misérables, que l'approche du châtiment n'avait pas abattus, avaient expié tous leurs crimes sur la place de Rome.

L'hiver était enfin arrivé avec ses neiges et ses frimas; et quoique dans ce pays l'hiver soit moins rigoureux qu'en France, les plaisirs de la promenade avaient cessé, et les enfants étaient confinés dans les vastes appartements de l'antique château.

Pendant ces longues soirées, on passait le temps à causer, et nos enfants se rappelaient parfois avec douleur le temps qui était déjà loin d'eux. Ils pensaient à leur petite chaumière dans

la vallée de la Savoie, à leurs bons parents trop
tôt enlevés à leur amour, et à leur grand-père
qui, s'il vivait encore, pensait à eux avec tendresse.

Ils s'écriaient souvent : Quelle joie si nous revoyions bon-papa, si nous pouvions lui raconter
combien nous sommes heureux ici !

A l'approche de Noël, Henri, le fidèle serviteur
de la comtesse, se prépara à faire un voyage, au
grand étonnement des habitants du château.
Quand on l'interrogeait il répondait : C'est mon
secret.

Le jour si cher aux chrétiens était arrivé, Noël
était là avec ses douces joies. Ce jour-là la comtesse était non-seulement occupée, mais encore
elle paraissait distraite et répondait négligem-
ment aux questions qui lui étaient adressées.
Cependant elle paraissait contente : car la joie
était peinte sur son visage.

Dans l'après-midi, le curé arriva avec Anselme,
qui avait été particulièrement invité à venir au
château, pour que les trois enfants goûtassent
ensemble les plaisirs de Noël. On avait également fait acheter à Genève de jolis cadeaux
pour Anselme.

Quand le soir fut venu, une sonnette se fit en-

tendre, et à ce signal le curé et le gouverneur de
Pierre et de Claudine conduisirent les enfants
dans la grande salle du château, qui était ma-
gnifiquement éclairée. Une longue table chargée
de lumières occupait le milieu de la salle et était
couverte de riches présents, non-seulement pour
les enfants, mais encore pour le bon curé et pour
M. Antoine. Sur une table voisine étaient de
l'argent, des vêtements, des gâteaux, des fruits,
etc., pour les domestiques. Tout le monde était
content, même les habitants de la ferme dépen-
dant du château, à qui l'excellente dame de Bernini avait réservé des présents.

— Que chacun cherche ce qui porte son nom et
le prenne, dit la comtesse. Et voyant que le curé
et le gouverneur hésitaient à se rendre à son in-
vitation, elle les prit par la main, les fit approcher de la table et les pria d'accepter les présents
qui leur étaient destinés.

Rien ne put égaler la joie et la reconnaissance
des enfants, en voyant jusqu'où allait la munifi-
cence de la comtesse. Tous leurs désirs étaient
satisfaits, ceux même qu'ils avaient trop de modestie pour manifester. Tant de générosité les
avait étonnés, éblouis.

Mais la bonne comtesse réservait à ses proté-

gés une plus grande joie. A un signal de cette
dame, les portes de la salle s'ouvrirent et l'on vit
paraître un vieillard vénérable appuyé sur
Henri, et vêtu du costume des montagnards.

— Pierre! Claudine! Bon-papa! quelle joie!
quel bonheur! s'écrièrent à la fois les deux enfants et le vieillard, en se pressant tour à tour
dans les bras l'un de l'autre.

Les enfants, hors d'eux-mêmes, se jetèrent à
ses genoux, qu'ils embrassèrent en pleurant. Le
bon Philibert versait aussi des larmes, et tous les
assistants ne purent retenir leur émotion.

Je n'ai plus que quelques mots à ajouter à
cette narration. Le bon Philibert ne quitta plus
ses petits-enfants,' et coula doucement ses jours,
entouré de leurs soins, et comblé des bienfaits de
madame de Bernini.

Anselme, mûri par les années, devint la joie
et l'orgueil de son bienfaiteur. Il se livra avec
succès à l'agriculture ; et la comtesse, convaincue
de sa probité et de son mérite, lui confia non-seulement la gestion de sa vaste métairie, qui lui
assura une honnête aisance, mais encore lui
donna pour épouse Claudine, à laquelle il était
tendrement attaché.

Pierre, qui avait montré un goût décidé pour

les sciences, fut envoyé à vingt ans dans une
université célèbre, où il étudia la médecine.
Trois ans après, il revint près de sa bienfaitrice
et de son grand-père, avec le titre de docteur, et
exerça son art avec succès dans les environs du
château, pour le bien de l'humanité souffrante.
Il n'oublia pas la promesse qu'il avait faite à la
bonne Estelle, et la fit venir près de lui pour lui
rendre les soins d'un bon fils.

Puissiez-vous, ô mes jeunes lecteurs, être satisfaits de la conclusion de ce petit ouvrage :
AIMEZ DIEU, ET IL VOUS BÉNIRA.

FIN.

TABLE.

~

FIN DE LA TABLE.

Limoges. — Imp. E. Ardant et Cⁱᵉ